「你在奸笑個什麼勁？」
SAAYA TAKAUJI
STATUS
高宇治沙彩
特徵、專長
成長：停滯
學年第一的頭腦
高中生遠遠不及的美貌
容易被說服
喜歡下流哏
怕冷
喜歡垃圾食物
不擅長面對人群
怕寂寞
高專注力
SAAYA
TAKAUJI
SCAN

「快說、快說～」
HIIRO NATORI
STATUS
名取陽色
特徵、專長
成長：成長
擅長運動
不擅長念書
勤奮
正向
友善
坦率面對想法
超凡的社交性
HIIRO NATORI
SCAN

「小沙至少有在意的人吧？」
HARU SEGAWA
STATUS
瀨川春
特徵、專長
成長：成長
超凡的社交性
很會照顧人
母性
純情
諮詢師
SCAN
HARU
SEGAWA
校外教學的約定俗成……？

「燈、燈同學看得太仔細了啦！」
「我的泳裝好看嗎？」

自從能夠讀取他人祕密後，我的校園戀愛喜劇就此開演

狀態欄

One day, I started to see other people's secrets My school romantic comedy

EP2：我要擊敗她的妹控哥哥，迎向美好結局

2

ケンノジ

插畫

成海七海

Kadokawa Fantastic Novels

2

目錄

Contents

One day, I started to see other people's secrets
My school romantic comedy

1 看得見狀態欄的我的交友關係

有一天，我看得見自己和其他人像是狀態欄的東西。

・君島燈

・成長：急遽成長

・特徵、專長

路人

強心臟

能言善道

廣播宅

撲克臉

擅長稱讚

我的狀態欄內擁有這些項目。

只要集中精神查看，就會出現有如電腦視窗般的畫面，能夠讓我查看狀態欄。

狀態欄中顯示了那個人的興趣、喜好、性格、特徵，甚至還有當事人自己都不清楚的隱私祕密。

除了我以外，似乎沒有人看得見狀態欄。

我運用這種能力，正在和喜歡的女生拉近距離。

今天到校後，我隔壁座位的高宇治同學已經坐在位子上了。

她有一頭如反射朝陽般亮麗的黑色長髮，及陶瓷般的白皙肌膚。眼神沉著冷靜，櫻色嘴唇微微翹起。

有如模特兒穿上我們學校的制服。

我暗戀的高宇治同學當然很受歡迎。

由於她曾經與花美男學長交往，有段時期不再有蒼蠅靠近她。不過，我聽說那位花美男學長愛打炮的負面傳聞，便和他面對面決勝負，迫使兩人分手了。

那麼做還沒什麼問題，不過她恢復單身的情況也眾所皆知，她又像以前一樣受歡迎了。

說到我的情況，我也和她互加LINE好友，彼此共同興趣的深夜廣播話題讓我們無話不聊，作為同好加深了情誼。

「高宇治同學，早安。」

如果是以前的我，甚至膽小到不敢打招呼，不過現在變得能夠隨口道早安了。

「……」

高宇治同學眼角餘光掃了我一眼，慢慢地別過臉。

我原本以為她只會平淡地回以制式性的早安，這種反應出乎我的意料。

我做錯什麼事了嗎……？

我試著回想，卻毫無頭緒。

難道我不知不覺間踩到了地雷，搞砸了原本變好的情誼……？

於是我便在不自覺間產生的習慣之下，查看她的狀態欄。

・高宇治沙彩
・成長：停滯
・特徵、專長

學年第一的頭腦
高中生遠遠不及的美貌
容易被說服
喜歡下流哏
怕冷
喜歡垃圾食物
不擅長面對人群
怕寂寞
高專注力

嗯？比起前陣子，增加了【不擅長面對人群】、【怕寂寞】和【高專注力】三個項目。

【成長】的項目依然顯示【停滯】。這個項目表示狀態欄內的成長情況。所以不會一口氣增加三項。

【不擅長面對人群】令我有一點意外。在休息時間，她經常處在男女生的團體之中，乍看之下也不排斥。看來這一點和她真正的想法並不一致。

【怕寂寞】也令我感到反差。畢竟她全身散發孤高的氛圍。

我以前看不見，現在變得能夠看見這些項目，是她與我親密度提昇的證據嗎……？

如果屬實，表示我和高宇治同學的關係有所進展。

縱使內心擺出了雙手握拳的勝利姿勢叫好，不過隔著走道、坐在隔壁座位的美少女依然別過臉。

這種模式，放著不管反而會更令人難以開口詢問原因。

「高宇治同學，我做了什麼嗎……？」

我忐忑不安地詢問，她小巧的腦袋動了一下，好像搖了搖頭。

連這股細微的動作，也讓洗髮精的香氣傳到鼻尖。

「我沒料到那個會被唸出來。」

「那個？」

哪個啊？

堅決不轉頭看我的高宇治同學，低聲開口：

「昨天的廣播……我『宇治茶』的信件被唸出來了。」

她從頭髮之中露出的耳朵微微地泛紅了。

「啊啊，『宇治茶』大師的信件。」

我和高宇治同學熱愛的深夜廣播節目《曼達洛的深夜論》。

高宇治同學會用筆名「宇治茶」參加那個廣播節目點子單元的徵選。

「我只是隨便寫一寫寄過去。所以那不是我的真心話——」

「是喔~那樣還能被選上，好厲害呢。」

雖然我道早安時她沒有理會，不過向她攀談後，反應很尋常，讓我放下心來。

假如她連彼此共同興趣的話題都不予以理會的話，那就到此為止了。

昨天半夜，是《曼達洛的深夜論》的節目播出時段。由於我和高宇治同學都是準時收聽的忠實聽眾，因此每週都很期待聽廣播。

其中，高宇治同學……「宇治茶」大師寄送的徵選郵件被選上了。

在節目中，搞笑藝人組合曼達洛這樣評論。

『下一個——筆名宇治茶。「我最近交到好朋友。和對方聊興趣、待在一起都讓人很開心」。』

『這樣很好呀，很青春。』

『「我覺得他為人處世很優秀。不過，當我看見那個人和其他人相處融洽時，會覺得寂寞，也有點煩悶。那是因為，我喜歡上那個人了嗎？」』

『我們是白天時段的廣播嗎！深夜廣播不需要這種內容！』

『宇治茶，抱歉我家阿滿這麼沒禮貌喔？他的搞笑偏差值太低了，似乎跟不上話題。』

『喂！你說誰是搞笑的落榜生啦！我可是幹了足足有十八年耶！』

『你連一種哏都沒寫過，別得意忘形了。把你這種人的藝人資歷壓縮過後，頂多只有三個月吧？』

『喂喂喂喂喂喂喂喂喂喂！至少壓縮成三年啦！』

『你倒是不介意資歷被壓縮喔？』

裝傻的本田和吐槽的阿滿如此談話。現在僅僅回想這個段子，我都快要噴笑了。

「雖然本田說了那些話，不過那是高手級的點子郵件吧？」

畢竟本田也表示搞笑偏差值太低的阿滿聽不懂，肯定如他所說吧？

原本看向另一邊的高宇治同學，終於重新看向我。

「沒、沒有錯！」

高宇治同學頻頻用力點頭。

「我還擔心如、如果君島同學把那個內容當真，那該怎麼辦呢！」

「不會啦，那是點子郵件的單元，我不會當真的。」

雖然當下我以為在說自己，不過立刻想到這是點子單元，馬上冷靜下來了。

如果她在說其他人的話，會令我非常沮喪，但歸根究柢只是種哏。

「你知道就好。這樣就好。」

呼，高宇治同學輕輕吁了口氣。

談話告一個段落時，青梅竹馬小春出聲叫我。

「你們在聊什麼——？」

小春與高宇治同學是處於光譜兩端的女生，她不帶一絲清純的氣質，是個徹頭徹尾的辣妹。她的髮色染成金色，露出大腿的裙子也非常短。

包含身材在內，她有著會吸引眾人目光的外表，是我的青梅竹馬。

・瀨川春

・成長：成長

・特徵、專長

超凡的社交性

很會照顧人

母性

純情

諮詢師

如狀態欄顯示，她很會照顧人，擁有與任何人都能融洽相處的社交性。不過與她的外表相反，有著純情的一面。

她是【諮詢師】，是因為她經常聽我商量我和高宇治同學之間的事情吧？

「我們在聊昨天的廣播。」

我回答，由於小春知道我們的興趣，很快有所反應。

「你們很喜歡聽廣播呢——」

「瀨川同學也可以聽聽看喔。」

高宇治同學以充斥熱情的認真目光望向小春。

「我就算了。沒關係。那是半夜一點的節目吧？我沒辦法清醒到那個時候。」

「現在也有廣播的APP，這樣隨時都可以聽——」

高宇治同學認真進入布教模式，然而小春浮現僵硬的微笑。

「那個……有、有機會我就聽？」

這種反應就是不會聽呢。

就算沒有太大的興趣，姑且接受了對方的提議，我認為這是小春的美德。

「小沙為什麼會開始聽廣播呢？」

「是受到我哥哥的影響。」

「小沙有哥哥呀？」

「是啊。」

高宇治同學有哥哥啊？

至今為止，我們聊得淨是些興趣和學校的話題，未曾提及家人。

「我們年紀相差十歲以上，不過我很尊敬他。」

「根本戀兄情結——」

「才不是呢。」

高宇治同學輕快地否定小春的玩笑話。

不知不覺間，這兩個人感情也變好了。

契機大概是我們放學後留下來練習撲克牌的時候吧？

上週，高宇治同學的前男友、花美男城所學長和我，賭上與高宇治同學的交往關係，用撲克牌一決勝負。

一想到如果我輸了，現在就無法像這樣和她聊天，就令我非常感慨萬千。

「學弟在嗎——？」

聽見熟悉的聲音，我望向教室的門，看見芙海姊朝我揮手。芙海姊是三年級的學姊，也是我在超商打工的前輩。

她的身材非常嬌小，連最小尺寸的制服，穿在她身上都顯得鬆鬆垮垮的。

·西方芙海
·成長：下降
·特徵、專長
外表看似小孩
頭腦是賭徒
有精神暴力傾向
重視上下關係
打架身經百戰

她外表看似孩童。有如療癒系的小動物一樣可愛無比。

「喂——」她現在也一邊叫喚我，一邊在原地蹦蹦跳跳。

然而她卻是重視上下關係，會施展精神暴力的性格。她認為能夠對晚輩為所欲為，是美中不足之處……不對，這個缺點也太明顯了吧？

順道一提，她是教導我玩撲克牌的師傅，也是讓撲克牌在部分三年級學生間流行起來的當事人。

我離開座位，走向芙海姊。

「芙海姊早。」

我畢恭畢敬地問早後，她也沒有多想，回應了我。

「早安——你昨天忘記把班表帶回家了吧？不行喔～這樣會不曉得排班日喔。」

「是。對不起，我會注意的。」

「好——我只是來說這件事～」

在我的目送下，芙海姊帶著和煦笑容揮手離開。

明明從遠處看，她是那麼嬌小又可愛的學姊……

為什麼性格那麼凶暴呢？

「燈同學，你在做什麼？」

「啊啊，我只是在目送學姊離開。」

我轉頭一看，是剛到校的名取同學。

我打工時，偶然撞見她被奇怪的男人糾纏，幫助她以後，在班上的女生中我跟她變得感情還不錯。

嗯？燈同學？她是這麼叫我的嗎？

「老師來了喔？你是班長，會被盯上的。」

她裂嘴一笑，露出潔白的牙齒。名取同學揹著網球的球拍袋。看來剛去晨練或其他活動了吧？

她健康的小麥色皮膚，令我覺得和平時的模樣不同。

「怎麼了？你一直盯著我看。」

「妳曬黑了？」

「啊，沒錯——週末有比賽，就曬黑了。就算塗了防曬油，每年還是都會曬黑呢！」

嘿嘿，名取同學笑了。

她有著端正的五官，也不難理解會被可疑的男人搭訕，私底下受到男生們的歡迎也說得通了。

・名取陽色
・成長：成長
・特徵、專長
擅長運動
不擅長念書
勤奮
正向
友善
坦率面對想法
超凡的社交性

她和小春同樣有【超凡的社交性】。狀態欄中其他項目也符合她給人的印象。

「燈同學比較喜歡皮膚白的女生嗎？」

名取同學微微偏過頭，綁在後腦勺的馬尾柔順地晃動。

「咦？」

「沒什麼。」

名取同學惡作劇般地咯咯笑著，又露出潔白的牙齒。

「啊，這週的體育課似乎是上網球喔——？」

說完這句話，名取同學進教室了。

她隨即加入周圍男女生的小圈子內聊著天。名取同學與小春是不同類型的開朗女生。

「體育課……打網球嗎……」

我不曉得情報打哪來的，不過假如是真的，情況非常糟糕。

因為我的球技非常不像樣。

雖然男女生分開上課，不過男生會跑去看女生打網球的模樣，女生亦然。

好不容易和高宇治同學之間的交情變好，我想避免被她看見運動很差勁的模樣，讓她幻滅……！

至今為止，我總心想反正不會有人關注我，體育課都隨便打混過去。

體力測驗時也一樣，因為曉得就算拿出真本事，也知道自己的極限，都隨便做，球技也是維持不扯別人後腿的水準，盡可能讓自己存在感消失。

「天啊……」

高宇治同學不見得會注意我。不過，我希望喜歡的女生會注意自己。然而，因為我不擅長運動，也不希望她看見。

……我的想法也太搖擺不定了吧？

我回座位後，小春正在和其他女生聊天，已經不在附近了。

「高宇治同學，體育課似乎要打網球喔。」

「是嗎？」

高宇治同學在點子筆記本上流暢書寫。

高宇治同學真令人羨慕啊。運動神經很好，而就算她不擅長運動，那樣也挺可愛的。根本無敵。

我試著想像穿上運動服，綁起頭髮，揮球拍的高宇治同學。

大概沒有不盯著她看的男生吧？

我不曉得高宇治同學是否會注意我，不過我想讓她看見我有好表現。至少，不要讓她看見沒用的一面。

2 網球與點子郵件

放學後。

我做完班長的工作以後，造訪位於校園一隅的網球場。

這裡共有四個球場，男女生各使用一半。只見鐵柵欄另一側，有的網球社社員發出吆喝聲打球，有的在跑步，他們正在做練習。

我們學校的網球社，男女生都不強也不弱。

現在顧問老師不在，社員之間談笑風生，氣氛和樂融融。

我來到這裡，不是為了眺望練習的景象。

我向老師詢問以後，正如名取同學的情報，下次體育課要打網球，因此我想私底下練習，精進球技。

縱使曉得球技不會在短期內變熟練，總比坐以待斃來得好。

「日下部同學。」

我看見一位同班同學，叫住他。

日下部同學是性格爽朗的高個子男生，一看見是我叫住他，表情變得不悅。
「是君島啊。幹麼？」
「我有事找你商量，可以讓我加入練習嗎？」
「啊？為什麼？你想入社嗎？」
他尖銳的態度，讓我愈來愈抬不起頭。畢竟是我提出不合理的要求。
「不是那樣……」
說、說不出口。
為了在喜歡的人面前要帥，我想好好練習打網球。
我也不認為自行練習就會進步，因此加入社團活動的練習是最好的做法，不過看來似乎不可行。
他們或許正好在休息，其他社員也從遠處望著我和日下部同學的互動。
日下部同學緊皺眉頭，看來不喜歡我忸忸怩怩的講話方式。
「你只是來開玩笑的話，就快點離開吧。」
「我沒有那種想法——只是想參加你們練習。」
我聽見他「嘖」的咂嘴聲。
「不要因為和高宇治同學處得不錯，就得意忘形了。」

他開口說道，瞪向我。

為什麼突然提到高宇治同學？

似乎察覺氣氛不好，二年級的男生與看似學弟的兩個男生走了過來。

「發生什麼事了？」

「他說想加入練習。但也沒有要入社。」

日下部同學二話不說拒絕了。

「一般都會覺得困擾吧。」

嗚嗚，是嗎……我也不想在造成他人的困擾下，還硬要參與練習啦。

當我想乖乖離開時，看似好相處的學弟說道。

「不會，有什麼關係。就讓他幫我們打雜吧——」

兩名學長笑了。

「可以啊。那君島就幫忙撿球吧。」

「哇哈哈！根本不是練習了！」

「那學長，我的工作也拜託你啦——」

我曉得他們在捉弄人。

「……看來給你們添麻煩了，我就不練習了。」

我勉強擠出笑容，轉身背對球場。

雖然被嘲弄令人火冒三丈，但既然妨礙他們練習，也無可奈何。

不過，倒也用不著捉弄人吧？

我邊於內心埋怨邊行走，有道輕巧的腳步聲靠近我。

「燈同學！」

我轉頭一看，是穿著網球服裝的名取同學。

「燈同學，你想練習網球嗎？」

一想到她看見整個過程，就覺得有些難為情。

「啊啊，妳看到剛才的情況了？我想練球，不過看來會妨礙你們——」

「我來陪你練吧？」

「咦？」

「練習啊。今天看來沒辦法，你願意的話就明天開始吧。」

令人出乎意料的提議，讓我一再眨眼回望她。

「可、可以嗎？」

「嗯。燈同學願意的話，我來當你的教練。」

我怎麼能夠拒絕如此貼心的提議。

「謝謝妳，名取同學！」
名取同學「耶嘿嘿」地露出了笑容。
「我會跟老師說我要自主練習，以及你會來當幫手喔。」
「妳為什麼願意陪我練習呢？」
「因為燈同學幫助過我呀。」
啊啊，她在說便利商店的事情。
「哎，這麼做就像在報恩。」
她轉身背對我，看來害羞了？
「真的幫了我很多！謝謝妳！」
名取同學僅轉頭望向我，朝我微微揮手。
「我今晚再聯絡你！要加油喔！」
我沒什麼聽見女生這麼說的經驗，「要加油喔——」在耳邊縈繞不去。
名取同學是親切的好人呢！她明明不用把報恩那種事放在心上的。
託她的福，看來網球練習的問題有辦法解決了。
接下來就看我的努力了。
我獨自走向校門。

她說願意當我的教練，那就算我表現太差，她也不會傻眼吧？

「燈同學，你連這種事情也做不到嗎……？」

我一想到百分百陽光女孩的名取同學眼神冰冷地看著我，胸口就縮了一下。

就算名取同學不會說那種話，高宇治同學也可能會有那種反應。別說傻眼，甚至可能無比錯愕。

「真巧。」

當我思考這種事情的時候，高宇治同學從校門陰影處走了出來。

「怎麼了？我以為妳已經回家了。」

「其實……我有東西忘在學校了。」

高宇治同學覺得自己的說明說得通似地頻頻點頭。

……然而妳卻從校門邊走了出來？

我只是這樣想著，沒有開口點破，朝著車站踏出腳步。

由於我們是男女生班長，最近下課後，我經常送她到車站。

難不成【怕寂寞】的高宇治同學，不喜歡一個人回去，在這裡等我？

如果真是這樣，就太令人開心了。

她看起來不像排斥獨自行動。還是說和怕寂寞是另一回事呢？

冷冰冰的高宇治同學看似遭遇任何狀況都可以披荊斬棘，不過既然把我視為「想一起走回家的對象」的話……

「你在奸笑個什麼勁？」

她的目光凶惡，讓我慌張地搖頭。

「沒有，不是那樣……」

「你和名取同學的感情很好呢。所以才在奸笑嗎？」

她似乎看見我們交談，我蒙上無辜的嫌疑。

「不是那樣喔。我和名取同學是因為一點契機才變友好的——應該說，她不只和我感情特別好，和大家都一樣喔。」

「是嗎？」

我的說明讓高宇治同學偏過頭。

「我問你，一點契機是指什麼事？」

由於也不需要隱瞞，我便簡潔說明了當時的情況，高宇治同學則沒什麼特別的反應。

你的行為令人讚許呢——我原本以為她會如此反應，提昇對我的股價之類的。

「雖然我認為那麼做勇氣可嘉，不過竟然做出如少女漫畫劇情般的行為……」

高宇治同學一臉為難。

她平時在學校總是一臉面無表情的「冷淡表情」，最近在我面前表情變豐富了。

「少女漫畫？」

「沒什麼。」

我們明明走得很慢，卻已經看見車站了。如果有個藉口，就能夠向她提議繞個遠路，不過我沒有主意。

接著高宇治同學說「不好意思」，接聽手機來電。

「喂，對，馬上就到車站了。」

偷聽別人講電話不太好，我盡可能不去注意聽，不過還是很在意。

她和城所學長分手的事情，整個學校眾所皆知。而且不止如此，據說消息也傳到其他學校了。

我一想到從各方面都會有人悄悄對她伸出魔爪，就無法不專注豎起耳朵聆聽。

高宇治同學缺乏身為美少女的自覺，也有【容易被說服】的特性，令我十分擔心。

她和城所學長交往的真正目的，是彼此都想減少來自異性的示好和告白，只不過假裝成男女朋友罷了。

我再次認為，假裝成男女朋友真的有阻擋蒼蠅的效果。

就算我待在她身邊，也起不了任何作用。

「你要過來嗎？那我等你……好。拜拜。」

高宇治同學終於講完電話，把手機收回口袋裡。

「哪、哪一位打來的？」

「男人。」

「…………男人？」

「是啊。對方有錢也有車，搞笑的品味也很不錯喔。」

你看～～～

真是的～～～

立刻就有男人接近她了～～～

我仰天長歎。

明明天色還很亮，星星已經散發著漂亮的光輝了——不是在說這個！

現在不是逃避現實的場合。

由於她和城所學長的關係只是自導自演，就結果而言，他們還是不要分手，對我比較有利嗎——？

剛剛講電話的對象，不會是家裡有資產的帥氣大學生之類的吧……？

「是、是喔？」

我努力擠出不自然的笑容，相較之下高宇治同學揚起嘴角。

「那個人對我有恩。就像君島同學對名取同學做的一樣。」

有太多男人陸續進入高宇治同學的私生活了。

「那個人會過來接我。」

「是、是喔……」

我有如化為灰燼般燃燒殆盡了。我身上絲毫沒有贏過對方的要素。

我拖著有如喪屍般的沉重腳步前往車站時，有輛轎車駛過我們身邊，在前方閃爍車燈後停車，接著有個戴著黑框眼鏡的微胖男人從駕駛座走了下來。

「啊。」

高宇治同學有了反應。

難不成，就是那個微胖的上班族嗎……？

對方也看見我們，朝這邊微微揮手。

反正是向我們後面的人揮手吧？

我無奈地望向背後，結果那邊沒有人。

「沙彩，今天比較晚離開學校？」

「是啊。我平時會更早走，今天有點晚了。」

微胖的上班族與高宇治同學親暱地開始聊起天來，我就像不存在一樣。

……不會吧？

就算是假裝交往，她的前男友城所學長可是個花美男。這反差也太大了吧？

不對。那樣也有挑選對象時不重視長相的意思，對我而言那種基準也相當令人開心——

「晚餐想吃什麼？今天有空，我可以帶妳去任何地方。」

「是嗎？」

狀況令人完全開心不起來！

他要興致沖沖地進行大人的約會了！

他想光顧高中生肯定去不成的餐廳，之後若無其事地把人帶到國道旁的「城堡」休息吧？公主，請往這邊走——他會嬉鬧地說著這種話吧？

什麼公主。無聊透頂！混帳。

我頂多把人帶到車站附近的家庭餐廳或速食店……

與其說男人，我身為雄性整個一敗塗地。

現在有風吹來的話，我整個人會被吹走吧？

他們似乎已經決定要去哪間餐廳，微胖的上班族終於看向我。

「沙彩，那位是？」

「他是君島同學。我們同班，透過聊《曼達洛的深夜論》變熟了。」

對方充斥敵意的視線，讓我也絲毫不膽怯地牢牢回看他。

……就和城所學長那個時候一樣，不論對方是什麼人，把人搶回來就好了。

「我是君島燈。幸會……」

微胖的上班族也一副忿忿不平的樣子。

他的反應也不在話下。畢竟剛交往的美少女，和不認識的男生一起回家呀。

這混帳是哪裡冒出來的？對方當然會有這種想法。而這也是我的肺腑之言。

「君島同學，他是我哥哥直道。」

嗯？

「哥哥？」

「對。我哥哥。」

「哥哥是指什麼？」

「就是我哥哥啊。字面上的意思。」

「咦？你們明明是兄妹，卻在交往嗎？」

「沙彩，這個人在胡扯些什麼？」

高宇治同學從剛才揚起的嘴角，又更加鬆弛。

接著她終於忍俊不住，開始小聲地咯咯笑了出來。那模樣有如惡作劇成功的孩童般抖著肩膀在笑。

「……高宇治同學，妳故意用讓人誤解的說法吧？」

如果是哥哥，在講電話時應該就能說明清楚了。不過，她沒有那麼說明。

「沒那回事喔。是君島同學自己誤解了。」

用那種讓人誤會的說法。

還在那裡嘻嘻笑著。一點都不可愛……

「呼，還真好玩。」

並不會好嗎？

不過，太好了……真的太好了。

「我還以為妳交了新男友，整個人化為灰燼、仰望天空、嫉妒、一敗塗地——」

「嫉妒？」

「啊，沒有，沒什麼。」

「沙彩，我說過不要和男生糾纏不清吧？」

「哥哥確實說過這種話，不過君島同學不是那種人喔。」

「不對不對，不可能啦。就算妳那樣想，說到底男高中生只會憑性慾行動啊。」

「並不會！請不要侮辱君島同學。」

高宇治同學。我很高興妳信任我，不過妳哥哥的見解也有一番道理。

「唉～所以我才想讓妳去讀女校喔。就是因為會變成這種情況啊。」

「這種情況？我和朋友放學後一起走回來就那麼奇怪嗎？哥哥過度保護了。你干涉太多了。」

「我或許過度保護，也或許干涉太多了。不過，這和約定好的不一樣。」

約定？

我不曉得那是什麼意思，不過高宇治同學沉默了。

「總之……那個，你叫做君島吧？別再和沙彩當朋友了。沙彩也沒有那種打算才對。」

那種打算，指談戀愛的意思吧？

此時，我多希望她開口否定：不是那樣……

我瞄向高宇治同學，她抿緊嘴唇。

也對。

畢竟我們只是朋友嘛！

「順道一問，你們做了什麼約定？」

我詢問高宇治同學後，她終於開口說明了。

「哥哥原本想讓我讀私立的女校。」

「我們雙親已經不在了，我就像沙彩的家長一樣，生活也一直很節儉。」

是嗎？

她說過對方對她有恩，看來就是指這種意思。

「我不希望她變得不認真，要她讀女校。不過她說私立學校太花錢了，態度堅決地跑去讀公立學校……」

像高宇治同學這種頭腦明晰的人，應該也能考進不錯的私立高中，不過她會就讀我們這間公立高中，看來這就是理由。

我試著想像高宇治同學就讀高偏差值的私立高中，也相當符合她的形象。

「當時我和哥哥約好了。『不會和異性不純潔地交往』。在這個條件下，我才去讀宮之台高中喔。」

怎麼會做出那種約定……

我在內心抱頭苦惱。

我可是非常想和高宇治同學不純潔地交往耶。

她竟然被禁止這麼做嗎……

「當時我對戀愛沒有興趣，所以覺得這種條件沒什麼大不了的。」

……嗯？這種說法……

「你了解情況了吧？別再繼續糾纏沙彩了。」

直道先生強硬地結束話題，抓住高宇治同學手臂，走向轎車，不過妹妹甩開了他的手。

「我不是有好好遵守了嗎？你哪裡不滿意了？或許君島同學是異性，不過他是我很好的朋友。」

我沒辦法正面斷定「沒錯」。我不想和她只是當朋友，也有許許多多居心不良的念頭。

「他是《曼深》的忠實聽眾，我非常開心有個可以聊這種話題的朋友！」

高宇治同學罕見地表露情感、表示反抗，而我只能守護她認真的表情。

順道一提，《曼深》是《曼達洛的深夜論》的簡稱。

「我了解可以聊共同興趣的話題讓人很開心，不過君島不願只把妳當成朋友看待吧？」

「…………不對，我們，是朋友。」

想幫高宇治同學說話的念頭，和打從心底不想當個區區朋友的想法混淆，讓我產生了微妙的停頓。

因為這樣，直道先生露出一副「妳看吧」的態度，鼻子哼氣。

「我們哪裡像是不純潔的異性交往了！我們還沒有牽手或者接吻呀！」

高宇治同學的聲音在道路上迴響。

「高宇治同學，『還沒有』的說法有點……」

「咦？……啊！」

高宇治同學察覺自己說錯話，臉逐漸變紅了。

「我沒、沒有預計那麼做啦！」

高宇治同學嗓門大到連路人也轉頭看她，她一邊頻頻揮動拳頭，一邊再次否定。

『與其說還沒有，畢竟那是以後的事情，可能性並非零……（忸忸怩怩）。』

諸如此類、我所期盼的發展並沒有發生。

直道先生傷腦筋地抓了抓頭。

看在家人眼中，這麼固執己見的高宇治同學或許很罕見。

「約定就是約定。我不能表示『是嗎』就退讓。男高中生可是用下半身思考的生物。」

「我說了好幾次，君島同學不是那樣——！」

「既然說到這種地步，就想辦法讓我認同吧。」

令人不曉得將如何展開的對話，讓我和高宇治同學等待下一句話。

「君島是《曼深》的忠實聽眾嗎？」

「對。我每週都會準時收聽。」

「據說《曼深》的收聽率是業界第一，也有許多搞笑藝人會收聽，也就是搞笑偏差值極高的廣播節目。」

「沒錯。我當然一清二楚。」

我得意洋洋地回答。

我對《曼深》無所不知。

雖然我也曾經收聽其他廣播節目，不過搞笑藝人主持的廣播，談話和哏的水準最高的還是《曼深》。

高宇治同學低聲補充。

「哥哥原本在當搞笑藝人。為了顧好家裡的事情，同時也因為原本的搞笑搭檔解散了而辭去工作，不過他透過當時的人脈，現在在當廣播的節目執行企畫……」

「節目執行企畫？」

我目不轉睛盯著他看，直道先生則推了推他的眼鏡。

所謂節目執行企畫，是指廣播節目的工作人員，負責挑選觀眾寄的郵件、或規劃節目的單元。

高宇治同學曾說過會聽廣播是受到哥哥的影響，看來就是這個意思。

「既然明白《曼深》的水準很高，那就好談了。」

直道先生停頓片刻，牢牢看著我。接著，他伸出三根手指頭。

「從下週的節目開始計算，你要在三次內，參加徵選的郵件被《曼深》的點子單元節目選上超過一封——你成功達成的話，我就至少認同你們一起放學回家。」

「點子單元……郵件被選上……」

「我只認同有意思的人。是否長相帥氣、頭腦明晰、財力豐厚等，這些條件都不重要。」

只要請高宇治同學協助的話，不就能輕易被採用嗎……

直道先生有可能不知道「宇治茶」就是高宇治同學。

不對，他肯定不知道。

她應該會隱瞞，不想被家人知道自己會寄送下流哏郵件參加徵選。

我視線投向高宇治同學，她的表情出乎意料地嚴肅。

「好、好啊。我做。我就做給你看。」

「我很期待喔。為了方便辨識，也決定好筆名吧。我想想……你就用『爽朗拳頭』參加徵選。」

呵呵，高宇治同學有了反應，像倉鼠一樣鼓起了臉頰。

拳頭不算是下流哏，不過看來戳到她的笑穴了。

她的笑穴依然和小學低年級相當的樣子。

「我知道了。就用『爽朗拳頭』吧。」

「噗噗——」

高宇治同學忍俊不禁地笑出聲音來。直道先生看來不怎麼在意，沒有多加理會。

「用其他筆名不算數喔。」

留下這句話後，直道先生上車了。

「君島同學。我晚點再聯絡你。」

「嗯。」

拜拜，高宇治同學也坐上副駕駛座。

車子發動前，她特地從車窗探出臉，朝我揮手道別。

光這個動作，就讓我心情變舒坦多了。

我目送轎車在逐漸變暗的道路滑行以後離開。

那天晚上，我在房間悠哉度過時，收到了訊息。

我隨即正襟危坐，打開手機軟體。
我原本以為是高宇治同學傳的訊息，結果一看，是名取同學傳的訊息。
『我問過老師了。他說可以自主練習！』
我緊張的心情舒緩下來，馬上就放鬆姿勢了。
訊息中加入適當的表情符號，令我覺得很有名取同學的風格。
『謝謝！』
『不客氣——』
她傳來這則訊息後，也接著傳來豎起大拇指的某種吉祥物的貼圖。
接著我又收到訊息了，這次是高宇治同學。
『對不起，今天哥哥態度那麼不好。他就是有那種過度保護的地方，你別放在心上。』
『不會。我沒關係。』
老實說，很有關係。
因為我確實想進行不純潔的交往，直道先生不允許這種情況發生，我們的想法有衝突。
『郵件徵選的事情，可以用電話聊嗎？』
比起傳訊息解釋，這麼做比較快吧？我也有事情想問，這樣正好。
接著，名取同學又傳了訊息。

『燈同學，現在可以講電話嗎？』

？為什麼？

我原本以為剛才那樣已經結束話題了——不過現在時機不好。高宇治同學那裡的重要程度更高。

幾乎同時間被兩個女生問可不可講電話，我在作夢嗎？

『對不起，現在不太方便。』

我這麼回覆，立刻收到寫了『ＯＫ』的吉祥物貼圖。

接著輪到高宇治同學。

她都詢問可不可以講電話了，我打過去也沒關係吧……？

我再次端正姿勢正座，按下通話鍵。

啊啊……好緊張。

我已經逐漸習慣傳訊息，不會緊張，面對面聊天時也不會緊張了，然而為什麼講電話會讓人這麼緊張呢……

當我聽見電話鈴聲響起，緊張程度也愈來愈增加。

當緊張達到巔峰時，鈴聲消失了。我把手機拿開耳邊查看，開始通話了。

電話接接接接接通了！

「那個那個，喂喂喂喂。」

我的心臟撲通撲通地跳，慌張到語無倫次。

『喂，是我，喂喂？』

「抱歉，突然打給妳。因為妳說可以講電話，我才打過去，現在方便嗎？」

『可以。不過我現在正好要洗澡。』

Oh……

『電話不用掛斷，等我一下。我把衣服穿上。』

把衣服穿上……？也就是說，她現在裸體嗎？

咦？啊！哦哦！咦？我支支吾吾地發出聲音，接著聽見手機被放下來的碰撞聲。

她人大概在盥洗室吧？我聽見穿衣服的窸窸窣窣聲。

現在高宇治同學在穿衣服……

我甩了甩頭，想甩開浮現於腦海的想像。

咳咳，我聽見清喉嚨的聲音，高宇治同學說：『久等了。』

「完全不會。感激不盡。」

『？為什麼道謝？』

我眼前浮現她偏過頭的舉動。

我隨口蒙混說，沒什麼。

「關於點子郵件的那件事，如果高宇治同學願意幫忙的話就能輕鬆過關了，我希望妳能幫我……」

『對。我就是想說那件事……』

她有些難以啟齒，語氣含糊。

『之前我說過，被選上的機率大概八成。』

「對。」

所以我才認為，如果她肯幫忙，就會輕鬆不少——

『其實我虛榮心作祟，誇大其辭了。老實說才一成左右。』

「…………是、是嗎？」

連經常被挑上的「宇治茶」大師，也十封郵件才一封過關……？

「咦？難度好高……」

『對。激戰區可不是說好玩的。』

「也就是說我無法作弊了。」

『就是這樣。或許我能給你一些建議，不過沒有必勝法。歸根究柢，判斷是否有趣的基準本身就主觀又模糊不清……』

我想也是。看來無法指望她幫忙了。

「就只能硬著頭皮做了嗎？」

『是啊……而且，就算我用你的筆名參加徵選，也不見得會被選上，況且以哥哥的標準來看，我就像沒遵守約定一樣，繼續做些他不樂見的事情，我覺得不太好。只要他找人幫忙查看，也能找出寄件人吧？』

也是……

我也曾思考過要高宇治同學冒用筆名，不過這樣就是作弊了。不公平。這和城所學長玩撲克牌時安排的詐賭一樣。

而且考量到被發現的風險，最好不要這麼做。

『總之我能夠建議的，就只是盡量想出更多的哏了。』

「好，我試試看。」

我也不是沒想過，沒有得到直道先生的認同也無所謂。

就算我無所謂，高宇治同學也不希望這樣吧？

對方是有如家長般養育自己的哥哥，她也提過很尊敬對方。對於這種對象有所隱瞞，做些令人良心不安的事情，果然心裡會過意不去吧？

『畢竟我們年紀也有些差距，從以前哥哥就很疼我。現在想想，我們與其說是兄妹，更像爸爸和女兒之間的關係。』

「畢竟妹妹是個美少女，當然會過度保護呢！」

『我……我不是美少女啦！我不是。不要開玩笑。』

對不起。我隨口道歉。

『哥哥在當搞笑藝人時，有組成團體，寫的段子也曾經獲得當地的搞笑新人獎。』

「超強的。」

『雖然有才華，不過因為一些事情解散了。』

她大概不希望我討厭直道先生吧？

「他是妳很自豪的哥哥呢！」

雖然她沒有肯定，不過沉默的期間，就像同意我的說法。

『正因為哥哥是那種個性，我希望他正面認同君島同學。』

「不就只能讓他認同了嗎……！」

『君島同學一定可以做到。畢竟你和我同樣是忠實聽眾啊。』

喜歡的女生都這麼對自己打氣了，任何男生都會拿出幹勁來。

「謝謝妳。我會努力的。話說回來，體育課似乎要打網球。女生果然會來看男生打球嗎？」

如果她不來看，自主練習就失去意義了。

『對。我也會去看喔。』

體育能讓女生提昇好感度，有時也會讓好感度降低。

會被人評論超遜的、好噁心，甚至被當作空氣……或許吧。

『那個……我會去看的。』

高宇治同學語氣含糊地喃喃說道。

語境上來說，她與其會來看男生打球，更像會來看我打球。

她是不是挺期待的？

啊啊——我真的不能讓她看見廢柴的一面。我沒有退路了。

幸好有拜託名取同學——

在那之後，我們閒聊了一陣子才掛電話。

網球也要努力練習。

不過，首先要寫點子郵件。

我坐在書桌前，拿起筆，翻開筆記本。

呵呵……我不由得發笑了……

「我完全、一丁點都沒有靈感……」

反而是我親身體會到了現實。絕望令我抱頭苦惱。

寫點子郵件超難的啦！

3 基本才是奧義

放學後。我和高宇治同學被交付了班長的工作，處理完雜務後返回教室。

「雖然也要取決於單元，不過常見的哏或許比較容易思考。相對的，必須從自己的角度切入。」

我提到寫點子郵件的困難性後，她得意洋洋地告訴我。

「我也明白，不過當我真正想思索有趣的段子時，就覺得實在有夠難。」

其實我成為聽眾以後，曾一再寄送點子郵件。

不過我從來沒有被選上過。畢竟我只是把靈光一閃的段子寄過去，並沒有認真構思過。

教室已經沒有其他人在了，於是我毫無顧忌地點開手機的記事本，刪除一些隨手寫下但不能用的句子。

「君島同學不回家嗎？」

高宇治同學準備好回家，從座位上站起來。

我看向手機上的時間。今天和名取同學約好自主練習。我們約在社團結束以後，還有一些時間。

自主練習，簡單來說是為了耍帥，所以我不想坦白說出來。

昨晚，高宇治同學也表示會來看我打球，如果她因此認為「因為我說會去看，才格外努力」，那樣我會傷腦筋。雖然的確是事實。

【怕寂寞】的高宇治同學想找人一起走回家吧？

在平時的流程中，她只是恰好把我列入選項，我沒有陪伴她的話，她應該會和其他人一起回去。

我再次確認時間。就算把人送到車站以後再回到學校，離網球社的社團結束為止還有一段充裕的時間。

「那我們走吧。」

我空手離開座位。

「東西不拿嗎？」

「我還會回來學校。」

「……是嗎？」

高宇治同學感到納悶地不斷眨眼睛。

我們離開學校，一如往常來到通往車站的道路。要注意不被直道先生發現。

「話說在前頭，我並不會排斥自己走回家喔？」

「真的嗎——？」

我惡作劇般地詢問後，她鼓起臉頰。

「真的啦！」

前陣子，她明明在校門的暗處等我。

喜歡下流哏、垃圾食物，不擅長面對人群，又怕寂寞，她乍看之下給人的印象，和狀態欄呈現的項目恰恰相反。

或許有人會覺得她不好相處，不過我沒有這種想法。

「……點子郵件是哥哥單方面提出的條件。普通來想，這樣會造成君島同學困擾……」

那番話讓我搖頭。

「沒那回事。我和妳哥哥並不是一家人，他如何看待我都沒有關係，不過高宇治同學並不是那樣想的吧？妳不喜歡交友關係受限，聽見家人一直嘮叨也會不開心吧？」

「你設身處地為我著想呢！」

高宇治同學大感意外地不斷眨眼。

「很抱歉我哥哥那麼難搞。身為妹妹，我要向你道歉。」

「妳這個做妹妹的內在也很有個性就是。」

我刻意聳了聳肩這樣表示，而她似乎好好理解了我的意思。

「你什麼意思啦。」

我的肩膀被輕輕撞了一下。雖然高宇治同學語氣平淡，不過眼睛帶著笑意。我改口說：

開玩笑的。

今天她那麻煩的哥哥沒有出現，我們平安到達車站了。

接著，我直接向後轉，想筆直返回學校。

「拜拜，明天見。」

「好。」

平時的話，高宇治同學揮手道別後，立刻就會走進剪票口內，不過今天她沒有走進去。

「怎麼了？」

「我——總是很期待放、放學後和你一起走回來喔！」

「咦？謝謝……？」

高宇治同學對呆若木雞的我繼續說下去。

「或許你會覺得我很難相處，不過明天、後天、以後都請多多指教了。」

她說完後，也不等我回話，隨即飛快地跑走了。速度好快。

我彙整剛才那番話，高宇治同學很期待和我一起回家。不過，我也有自己的事情，每天不會都一起走。或許我會覺得她很麻煩，不過她還是想和我一起走這條路——是這樣嗎？

【怕寂寞】的高宇治同學，喜歡和我一起走放學路，光是和我一起走這段路，好感度就會提昇。

雖然幅度不大，我覺得彼此的交情增溫了。

【怕寂寞】可說是好狀態吧？對我而言，也是很棒的反差。

我轉過身，想回學校時，收到高宇治同學傳來的訊息。

『加油喔。』

為什麼這個短短的句子，可以令我拿出幹勁呢？

返回學校途中，我也試著思索點子郵件，不過沒靈感就是沒靈感啊……

結果，我在毫無任何好點子的情況下返回學校，由於時間正好，我把東西收拾好以後，走出教室。

「啊！是阿燈——你還留在學校呀——？」

把書包揹在肩上的小春正從走廊的另一端往這裡走來。

「我有點事。妳才是，怎麼留在學校？」

「唔——聊戀愛話題？」

女生都喜歡聊戀愛話題呢。

我走到鞋櫃，換上運動鞋後，小春的皮鞋前端比我先踏上混凝土地面了。

「我們回家——總覺得好久沒有一起回去了耶——？」

小春心情極佳地站在我身旁。

「我還沒有要回去喔，春妹。」

「咦？為什麼？」

「我要和名取同學練習網球。」

「啊！難道體育課要打網球？」

我說明得這麼清楚，她當然察覺了。

「就是這樣。」

「就算不用裝帥……阿燈維持自己的作風不就好了？」

「我就想裝帥啊。雖然不曉得是否能成功啦。」

小春隨口回應了「哼～」。

「你沒有勉強自己吧？」

「沒有。這種時候不加把勁的話，我的形象就會馬上毀滅，至今建立的交情別說歸零，甚至會跌落谷底。」

「萬一因為你表現不好而導致那種結果，不就只是這樣而已？過去一同度過的開心時

光，為什麼會被清空啊？」

「講話不要那麼中肯啦——」

這個辣妹講話總是一語道破。

我看見換回制服的日下部同學一行人從社團大樓走了出來。這麼一來，那些人就不會像昨天一樣嘲弄我了吧？

獨自留下來的名取同學看見我們，揮了揮手。

「讓你久等了——球場可以借用兩個小時！」

「謝謝妳幫我那麼多！」

我踏入昨天沒有進去的球場，脫下制服上衣。

「……小春，妳為什麼跟過來了？」

「感覺很好玩，我也要打——」

「好哇！小春也來打——！」

「耶——！」

「耶，來玩！」

她們興致沖沖地互相擊掌。

我完全搞不懂開朗又溝通力強大的女生的興致。

我和小春拿好名取同學準備的球拍，立刻開始上課了。

「唉，網球這種運動，只要發球和擊球打得好，在體育課就能輕鬆獲勝了，就從這裡著手吧！」

「好。」

「好——」

我們與其說上課，更是要習慣打球，因此先教了簡單的重點後，便把裝滿許多球的購物籃放在腳邊，各自開始練習發球。

不過……我打不中。

「球要打到從這裡到這裡的區域裡面喔——？」雖然我想把球打到名取同學說明的範圍裡，但根本就打不到球啊！

發球也太難了吧。

當我陷入苦戰時，一旁的小春順利地把球打出去了。

「小春，很棒唷！妳把球打到球場內了！」

「我很厲害吧——？」

小春心情極佳，又拋起一顆球。

「嘿！」

匡咚——小春的發球順利打入球場內。不過，由於她穿著裙子打球，裙子輕輕飄地飛起來了——

「小春，內褲走光了！」

「！」

小春猛然壓下裙襬，望向我這邊。我霎時轉過頭，露出認真的眼神，又拋了顆球，接著揮空。

我沒看見，也沒聽見。我可絲毫沒有興趣偷看青梅竹馬的內褲。

不過今天也是白色呢。

「燈同學抱歉，讓我糾正一下。」

名取教練走過來，來到我背後，貼上我的身體，握住我雙手手腕。

她就像色老頭教女生打高爾夫球一樣，幾乎緊貼著我身體。

「我想想，要這樣打，像這樣——！」

我配合名取同學揮動我手臂的動作，試著揮球拍。

我在這個狀態下拋球，再次揮球拍。接著，我咚一聲地打到球，球順利落在發球區內。

「啊，打到了。」

「大概是這種感覺喲。」

接著，名取同學給了我兩、三個建議以後，猛然拉開距離。

「啊，對不起，我剛結束社團練習，一身汗臭味！」

「不會的！我沒有聞到汗味，根本沒味道。說起來無味。」

「那就好。太好了。」

名取同學露出害臊的笑容。

「射門！」

啪匡，小春打出的球直擊我的臉部。

「啊好痛？」

「燈同學，沒事吧？」

「哦，我說妳幹麼啦！」

我抱怨以後，小春也沒有愧疚地回話。

「我失手了。對不起喔。」

「妳肯定是故意的吧？為什麼要往一旁打？」

真是的。這個不知羞恥的可恨網球選手。

我嘆了口氣，趁自己還沒忘記剛才接受指導的感覺時，再一次發了球。接著，又打得更好了。

「好。」

「嗯……如果是燈同學，或許能夠傳授我的必殺球技。」

「我學不會啦！妳在網球資歷才五分鐘的人身上看到什麼，才有這種想法啦！」

「因為你學得很快呀。」

「剛剛只是偶然。」

雖然我自己講也不太好。

名取同學完全沒在聽我說話，認真地講解。

「我現在要傳授的擊球，不只發球，也可運用在回擊、扣球、正拍、反拍、截擊等各方面上……」

「一般把這些招數稱為基礎喔。」

名取同學沒有聽進我的話，趕緊解說起這種擊球。

「用強而有力的旋球打出的那種球，名為『明日之星』。」

感覺在兒童向動畫裡會出現這種招式呢。

名取同學依然非常正經，絲毫沒有胡鬧的感覺。她不是在裝傻，是在講真的。

「說到那是什麼擊球，首先要讓雷電纏繞在球上——」

「纏繞不上去啦。」

要怎麼做才會變成那種球啦？

如果球上有雷電，那就不是星星而是閃電了吧。

「燈同學或許可以做到……你試試看。」

「啊，好……」

雖然我連基礎都還不像樣，也在名取同學的指導下，「像這樣揮」，模仿她揮球拍的動作。這麼做要如何召喚雷電呢？

「嗯——感覺不太對耶？」

名取同學來到我背後，又握住我雙手手腕，身體緊貼上來。

「像這樣，這樣揮！」

「噢，好。」

因為名取同學很認真，我原本試著不要多想，不過貼得太緊了。

我背後稍微傳來微凸胸部的觸感。

「射門！」

小春又故意朝著我發球。

「哦噗？」

我被球直接命中以後，小春沒有停手，豪快地接連發球。她對我的怨恨，似乎比起擔心

內褲走光時更嚴重了。

小春的發球悉數命中我。好球技！

「喂！這是什麼處罰遊戲嗎！」

「我和小陽明明都很認真在練球，阿燈卻一副豬哥臉。」

「……」

我無法否定。

「燈同學沒事吧？」

名取同學狡猾地把我當成肉盾，因此沒有受傷。

「嗯。也沒那麼痛。」

名取同學從我肩膀後方探出臉。

「小春，我從剛才就想說了。」

請勇敢對那個不知羞恥的辣妹說出口。

「射門是足球的用語。」

不是那個。妳該指責的常識，是不要把人當目標擊球。

「小陽，射門也是籃球用語喔。」（註：日文的射門和射籃同音。）

不要鬧了。

小春重振精神，又開始練習發球。不是朝著我，而是朝著另一側的球場打。

「小春真可愛。她大發醋勁呢！」

「咦？是嗎……？」

我化為名取同學的傀儡人偶，被她擺動雙手。

「揮拍的感覺對了。你一邊想起那種感覺，一邊試著打打看。我從前面把球打過去。」

「嗯。」

我沒有多留意手臂揮拍的動作，只管注意不要揮空。

名取同學拿著籃子移動後，說「要打了」，朝我發球。我專注地朝著一度在地面上反彈的球，邊注意不要揮空邊揮動球拍。

叩，球發出清脆聲響，手感受到球傳來的觸感。

被我準確擊中的球逐漸加速。

球越過網子，啪嘰地發出雷電般的現象，在球場上大力反彈。

有……有東西冒出來？從球身有東西冒出來了？

「燈同學好厲害！肯做就能夠做到！」

「該說是肯做就能夠做到，還是說也太超自然現象了。」

「咦？什麼意思？」

名取同學看不見啊……？

我試著再打一次，網球同樣發出雷電般的現象，而且名取同學似乎看不見。

只有能夠看見狀態欄的我，能夠看見那種東西嗎？

雖然小春也說「挺不錯的——」，但沒有提到古怪的現象。

「燈同學有才華呢！真厲害～」

「我只是偶然打得好罷了。」

「重複這些動作，讓身體記住吧！」

「是。」

由於天色變暗了，名取同學打開簡易照明。

接著在微微的黑暗中，有人靠近球場了。

「喂——誰還留在這裡？」

唔。這個人影是——

「呃。是健美先生！」

只見小春的天敵——體育老師兼學生品行指導的健美先生，晃動魁梧的身體朝著這裡踱步走來。

小春飛快地逃走，躲在陰影處。

「是名取和……君島？學生差不多都離開學校了。你們也快點收拾完畢回家。」

「顧問小久保老師允許我們自主練習——」

「老師沒聽過那種事。要鎖門了，你們快點收拾好。」

既然顧問已經允許，那就沒關係吧？

「不過……至少再給我們一小時……」

「好了，快點收拾。」

「怎麼這樣……」

名取同學顯得很困擾。

・櫻小路詩陽

・成長：成長

・特徵、專長

鍛鍊

身心強健

肉體派

神戶渡鴉粉絲
單戀古賀老師

這個老師的名字和形象依舊截然不同呢。

【單戀古賀老師】？我之前沒看到這個項目。古賀老師是二十五歲到三十歲左右的保健室老師。

成長欄原本顯示【停滯】，現在轉為【成長】了，看來好一陣子沒看時，狀態欄似乎更新了。

前陣子他纏上小春時，我提及職業棒球的神戶渡鴉隊，應付過去了，不過最近神戶渡鴉隊的狀況不好。用同樣方法，反而會讓他心情變差吧。

這麼一來——

「老師，最近古賀老師似乎沉迷看某種影片。」

「你沒頭沒腦說那什麼話？」

雖然嘴上這麼說，健美先生完全上鉤了。

「她似乎挺常看貓咪影片喔。」

「那、那又怎麼樣？」
我故意看著手表說道。
「古賀老師差不多要下班了吧？」
「…………」
「如果和她聊這種話題，或許氣氛會很不錯吧——」
「……不要留到太晚了！」
只見健美先生轉過身去，他眼神看向我，一副有話想說的樣子，我則對他比了大拇指，祝他好運。
健美先生點了點頭，腳步飛快地回到校舍。願單戀的男生都能得到幸福。
「唉……太好了。燈同學，謝謝你幫忙。」
「不客氣。畢竟都得到顧問的許可了，就不需要健美先生的許可了吧？」
「沒錯。真的就是這樣。在大會前，都會練習到這麼晚……是說燈同學和古賀老師感情很好嗎？」
「我們完全不熟。」
「咦？可是你說她會看貓咪影片？」
「大部分的人不是都會看嗎？」

不喜歡的人比較少見吧？

雖然並非事實，也不算謊言。

「你真會說話。」

由於名取同學嘻嘻笑了出來，我也跟著笑了。

接著，我的身體隱約發光，狀態欄更新了。

・君島燈

・成長：急遽成長

・特徵、專長

路人

強心臟

廣播宅

撲克臉

擅長稱讚

明日之星

劇本家

我學會【明日之星】了？

那種招式會出現在狀態欄中嗎？

另外，【能言善道】變成【劇本家】了。

因為我向健美先生鼓吹了虛實交雜的事情的緣故吧？

「健美先生離開了吧？」

警戒模式的小春探出頭來，查看周圍。

「已經沒事了。燈同學把人趕走了。」

「阿燈和健美先生挺能聊的，真有一套。」

「不是的。」

咯咯笑的小春回到球場，我們重新練習，在預計的時間結束練習。

多虧名取同學的指導，我能夠打中原本打不中的球，也學會了【明日之星】這種奇妙的招式。

雖然不曉得這樣能不能耍帥，至少不會丟臉了。

◆高宇治沙彩

由於哥哥直道和沙彩相差十二歲，沙彩從小時候就很受到哥哥疼愛。直道比起把沙彩當作妹妹，或許更接近當成女兒看待。

原本母親獨自養育他們兄妹，不過沙彩小學六年級的某一天，母親離家出走以後，再也沒有回來了。

在那之後，被留下的哥哥和妹妹開始相依為命。

那個時候，哥哥被視為前途有望的搞笑藝人，不過和搭檔的感情不睦，因而解散了。

直道考量妹妹的生活，原本打算離開業界，開始做毫無關係的工作，不過在朋友的介紹下，得到廣播節目執行企畫的工作。

接著，哥哥也因為相對安定，便不再站在舞台上，從事幕後工作。

雖然有諸多緣由，不過自己不在的話，哥哥是否就能作為搞笑藝人站在舞台上，沐浴在鎂光燈下了呢？

深夜綜藝節目，播放了《消失的天才搞笑藝人和其後生活》的影片。

高宇治直道也是其中一人，在影片中被介紹了。

攝影棚中看見這段影片、過去的前輩們稱讚哥哥的才華。

知名搞笑藝人的讚賞令沙彩感到驕傲，另一方面也令她不得不多想，奪走哥哥未來的就是自己。

「沒有其他人了吧？」

在家裡用晚餐時，直道唐突發問。

用不著說清楚講明白，他在問是否有感情好的男生。

「沒有啦。哥哥覺得我很輕浮嗎？」

沙彩了解，現在能過著衣食無缺的日子是因為哥哥的努力，對此也心懷感激。

不過，兩件事情不能混為一談。

「不是那樣，男生可是經常等待機會上門的生物……」

「君島同學和哥哥不一樣。」

「一樣的。」

雙方沒有看著彼此的臉交談，會話有如平行線。

「約定就是約定，妳要好好遵守。就是這麼回事。」

「……」

聽見直道這麼一說，沙彩就抬不起頭了。

她對戀愛沒有絲毫興趣，原本也沒料到，就讀高中的期間會遇到中意的男生。

因此，她好恨輕易接受條件的中學三年級的自己。

她對阿燈有好感。因為有這種想法，也只能讓哥哥認同自己的交友關係了。

明明是家裡的事情強壓在別人身上，阿燈卻察言觀色，展現出配合的態度，讓沙彩鬆了口氣。

直道無法跟到學校監視。

如阿燈所說，雖然也能夠私底下維持交友關係，不過正經的沙彩對於和仰慕的哥哥「沒有遵守約定」的事實，或許會讓她覺得良心不安。

「雖然我不認為會這樣，不是妳喜歡上他的吧？」

天外飛來的一句話，讓沙彩不斷咳嗽。

「沒、沒那種事！」

沙彩揮揮手，對紅通通的臉搧風。她想起今天在放學路上也處得很開心。

「突、突然說這什麼話啦……」

喜歡……是什麼呢？

她確實把對方視為一個人喜歡，不過那種情感是否為戀愛的喜歡，她還沒有釐清。

和他待在一起很愉快，和他聊天很愉快。

正因為自己有這種感受，才希望哥哥能夠正面認同阿燈。

「我只是姑且問一下而已。妳不可能會那樣想吧？畢竟對方只是個廣播宅，感覺不會有機會。」

含有嘲弄含意的那番話，讓沙彩狠狠瞪向直道。

「那又怎麼樣？不管有沒有機會，這種事情無關緊要吧？深夜廣播聽眾才沒有壞人。」

「是是是。」

又是那種主張，直道微微聳肩。

用完晚餐，到了晚上八點。

沙彩回到自己房間，思索阿燈現在在做什麼。

『你有靈感了嗎？』

下意識地傳了訊息，過一陣子。

她查看聊天室畫面，還沒有已讀。

訊息傳出去後，已經快要一小時了。

「我……我該不會給他奇妙的壓力了吧……？」

她開始不安，想輸入訊息說明沒有那種意思，卻無法妥善說明。

對了，沙彩靈光一閃。

「可以跟他說明根據我的經驗，能當作點子郵件參考的主意呀。」

好，決定好方針以後，便開始輸入平時留心的事情，以及為什麼會這樣寫等等理論性的文章。

「寫好了。」

她寫好的建議長篇大論，讓訊息欄變得黑壓壓一片。

「……」

沙彩回過神來。

那就像是展現自己的創作手法一樣，雖然書寫時令她心情非常愉快，客觀來看，這段文章太長了。

「別人看到會傻眼啦！」

沙彩把手機扔到床上。

「而且到底是誰說的啦！竟然說被選上的機率有八成，這根本是天大的謊言！毫無說服力吧！」

在負面想像中膨脹的阿燈，於腦海中嘲笑她。

「竟然謊稱有八成機率被選上，妳就這麼想受人尊敬嗎？感謝妳那珍貴的建議呀。」

他不是那種人。沙彩拋開這種想像。

「我只是想要維持和君島同學的交情，不被任何人妨礙……」

她嘟囔出真心話。

沙彩讓圓滾滾的企鵝絨毛娃娃在自己身體上坐好，伸出食指用力戳著娃娃。

「聽好了？我抱持的並非戀愛那種喜歡，只是把君島同學當作一個人喜……喜……覺得他人很不錯。可不要誤會嘍？」

沙彩把想說的話說完以後，無言地抱緊企鵝，下巴放在企鵝頭上。

她又看了一眼手機，訊息還沒有已讀。

「君島同學……這個時間在做什麼呢……」

她點入頭像，查看阿燈平淡的自我介紹畫面。沙彩確認訊息還沒有被已讀，無法繼續等待，便收回訊息，關掉手機。

不管是否為上學日，他們幾乎每天都會傳訊息聊天。

因此，沒有反應果然令人寂寞。

4 體育課打網球

今天的第一節課，就是體育課。

我和名取同學及小春做了網球的特訓，心情上頗有餘裕。

而且我還學會了名取同學傳授的【明日之星】的奇妙擊球。對策萬無一失。

健美先生向在網球場集合的學生們說明。

既然學生聚集在網球場，那當然就是要打網球了。

每個人手中都拿著放在倉庫的老舊球拍。

「總之先兩人一組，做些簡單的練習嘍——」

女生和女生，男生和男生分開組隊，因此我的必殺技「兩人一組就找小春」被封印了。

我一個人也沒差啦。反正努力練習過了。

「君島和老師一組吧？」

健美先生帶著友善的笑容走近我。

「拿你沒轍呢，老師。」

「這是我想說的。不是我落單，是你落單才對喔？」

健美先生哈哈大笑，看似心情愉悅，他壓低聲音朝我說話：

「古賀老師喜歡貓呢。」

「太好了。」

「多虧有君島幫忙，我們才聊得那麼愉快……你還知道其他事情嗎？」

你好貪心呢——

「現在我還沒有其他情報。」

「唔嗯。」

單戀男子同盟逐漸成立了。

四個網球球場，一半讓男生用，一半讓女生用。

高宇治同學的體操服令人目眩，每當她揮球拍時，黑髮就會輕柔地飄起來。

運動萬能可是名副其實，她打網球也挺厲害的。

從短袖的體操服中伸出的纖細手臂，健康又白皙的腳，及微微泛紅的膝蓋。唯獨高宇治同學像個從青春連續劇走出的女主角，外表狠狠甩開其他人一、兩個層次。

我也明白，大部分男生都頻頻望向高宇治同學。還有，也許多人在意高宇治同學，想要耍帥。

小春在各種意義上，穿體操服也很引人注目。畢竟該凸該翹的地方都非常顯眼。順道一提，她和健美先生的髮色爭執，今天也告一個段落了。

「陽色球技真好！」

「哈哈哈。我平時就在打網球了啊！」

名取同學和感情好的女生隔著球網打球。今天也活力四射的模樣，就算對方的球打偏了，也說「沒問題、沒問題——」，身手敏捷地接到了球。

或許她在擔心弟子，一看見我，便朝我微微揮手。

「……」

看見這種情景的高宇治同學，散發出紫色般煩躁的氣場。

「喂——君島，我要發球嘍——」

「啊！好。」

當、當作沒看見吧。她似乎心情不好。我做了什麼事惹她不開心了嗎……？

我把健美先生打過來的球打回去，感覺不錯。

我們對打後經過約十分鐘，接著進行簡單的比賽。

「君島。和我比賽吧。」

日下部同學向我搭話。

「啊，好……」

由於我找不到其他人對打，他這樣也算幫了我。健美先生浮現「太好了」的表情，點了點頭。

其他組明明都一副和樂融融的模樣，唯有我們這組氣氛險惡。

「和我打球沒關係嗎……？」

和我打球也不開心吧？我擔憂地詢問日下部同學後，他把臉湊近我。

啊，這已經是找碴的距離感了。他全身散發強烈的敵意。

「和你打就好了。」

「啊，是喔……」

「為什麼你這種人會和高宇治同學處得不錯啊？明明沒什麼長處。」

這麼一說，前陣子放學後，他也針對我和高宇治同學的關係抱怨過。

「我會把你打得一敗塗地，給我做好心理準備。」

傷腦筋。

我原本的盤算是不要表現得太遜就好了。既然對方是網球社的成員，不論怎麼掙扎都沒有勝算，就算對方有錯在先，我給人的印象也會變差吧？

等待片刻後，球場空了出來，我和日下部同學走了進去。

由於是簡單的比賽形式，先拿下七分的人就獲勝了。

在體育課採用這種社團的比賽方式，對外行人來說太嚴苛了吧？

唉，我嘆了口氣。

「有夠幼稚……」

「啊？」

「沒什麼。」

體育課打球，大半意義是玩票性質，明明享受在其中就好了，他竟然還故意找我碴。

我們猜拳後，由日下部同學先發球。

不過相對來說，也有機會。

只要我在此驍勇善戰，不就變成「回家社卻很有實力」的情況了嗎？

幸好我在特訓中獲得【明日之星】的招式。

只要那個招式發揮效用，就算贏不了，應該也有一縷希望才對——

一曉得這是死馬當活馬醫，就沒有我預期的緊張。

「從我手中取得一分看看啊——！」

日下部同學發球了。

由於他看不起我，球速並不快。這麼一來我能尋常地回擊。

我按照練習做的，用力揮球拍。

手感不錯。

吃我這招！【明日之星】！

啪匡，發出清脆聲音的回球加速，雷電纏繞在球上。

「啥？」

我銳利的擊球落在球場一角。

「真假……」

日下部同學驚愕地眨眼。

「還、還挺能打的嘛……」

「接下來由我發球。」

我接到球，站定位後，看見名取同學用輕微的動作敲了敲球拍，朝我拍手。

我看出她嘴巴在說加油。

「阿燈！剛剛那一球打得很棒耶！超厲害的？」

小春似乎也看見了，朝我搭話。

「畢竟練習過了。」

「只不過自主練習兩個小時卻變得這麼會打，也太爆笑了吧！」

我也無可避免想爆笑。不但學會奇妙的技能，擊出的球還有雷電纏繞，這到底是怎麼回事啊？

高宇治同學看見我剛才的表現了嗎？我找尋她的身影後，她似乎目睹了我剛才的回擊，表情大吃一驚。

看樣子，我已經達成目的了。

「練習？原來你練習過了？別因為練習一下就得意忘形了。」

站到回擊位置的日下部同學出言警告了。

我沒有答腔，發球了。

我打出的球，球身纏繞著雷電，打入發球區內。

「可、可惡……」

日下部同學第二次看見這種球，沒有大吃一驚，不過卻揮空了。

幾個女生看見他沒打到球，嘻嘻笑了。

「他揮空了。」

「他是網球社的吧？竟然打不到球嗎？」

不知不覺間，路人班長和高個子的網球社男生的比賽，似乎受到眾人矚目。

日下部同學握著球拍的手不斷顫抖。

「……」

「被原本想侮辱的對象蒙羞的心情怎麼樣？」

「混帳！」

這點酸言酸語沒關係吧？

「只不過運氣好拿了兩分，別以為可以贏過我！」

你剛剛還一臉譏諷地笑說：「從我手中取得一分看看啊。」

「難度愈來愈低了耶？」

「煩死了！」

由於是非正規比賽，接下來輪到日下部同學發球。他這次似乎會拿出真本事發球，一再拋出球，集中專注力。

輪到我接球。

要想辦法把球打回去。

「來來，我會接住你的安打！」

「阿燈，那是打棒球的人在說的。」

不知不覺間，小春來到球場邊。沒有輪到比賽的同班同學也對這場比賽充滿興趣，聚集到一旁。

……高宇治同學似乎慢了一步，在人牆另一側挺直了背。

「……喝！」日下部同學發出吆喝聲，擊出發球。

好快！

幸好我揮出的球拍接到發球了。雖然接到球，軟弱的回球卻往上飄動。

「看招，去死吧！」

他口吐惡言，用力扣球，輕易從我這裡拿下一分。

日下部同學殺氣騰騰地瞪著我，站在接球的位置上。

「只不過上個體育課，日下部也認真過頭了吧？」

「傻眼耶。」

「興奮過頭就叫人去死，也太沒品了吧？」

日下部同學愈拿出幹勁，就愈讓品行欠佳的一面表露而出，給人的印象愈來愈糟了。

「燈同學，使出明日之星！」

名取同學叫喊。大家都一頭霧水地來回看著名取同學和我。

我會用，但希望妳別喊出那種招式名稱。太丟臉啦。

輪到我發球了。

我模仿對方不斷拋球，調整呼吸。由於圍觀的人群專注看著球員，都靜了下來。

我拋出球，從上方揮下球拍。就像剛才一樣發動【明日之星】，讓雷電圍繞在球身上。

「別以為同樣的招式還有用！」

日下部同學回擊了。

我只學會了基礎，把被打回來的球打回球場的另一邊就竭盡全力了。

這讓我回擊的球變得軟弱無力——

「去死吧！」

他又口吐惡言地擊出扣殺，拿下我一分。

雖然被他趕上，同分，但我打得還不錯吧？我沒有打得很遜，就算繼續丟失分數，也已經拿下兩分了。已經可以了。

我和高宇治同學四目相交。

雖然沒有聽見聲音，只見她揮動拳頭，在為我打氣。

……原本想放棄了，但就用我自己的作風試著和他打到最後一刻吧！

狀態欄內是否有能用的情報呢？

・日下部裕樹

・成長：停滯
・特徵、專長
網球社下任王牌
喜歡垃圾食物
易怒
嘴巴壞
喜歡熟女

哎呀呀？喔喔。我看見一個驚人的項目嘍。

呼——呼——日下部同學亢奮地呼吸，又輪到他發球，在提昇專注力。

「日下部同學，你為什麼對我和高宇治同學的交情有意見呢？」

「啊？就算高宇治同學和學長分手了，像她那種女生和你這種不起眼的人感情融洽，就讓人看不順眼啊。」

這種說法讓我覺得很矛盾唷。

「日下部同學喜歡的不是同年齡的女生，而是年長的、比我們大上許多的熟女吧？」

「…………」

他不斷拋球的動作倏地止住了。

「日下部同學的好球帶應該在四十歲以後──」

「不要嘰嘰喳喳說個沒完！閉嘴啦！」

他顯而易見動搖了。

「可惡，不起眼的混帳，竟敢胡言亂語──」

他的專注力或許渙散了，兩次發球都觸網，讓我得了一分。

「你為什麼對我和高宇治同學的交情有意見呢？」

「與其說和高宇治同學有關，像你這種不起眼的混帳和可愛的女生處得很融洽、還會偷笑，就令人不爽啦！和瀨川的交情也是！」

他的論點有夠亂七八糟。簡而言之，這件事與其說和高宇治同學有關，似乎只是看我不順眼罷了。

「……日下部真的喜歡熟女啊？」

「他喜歡四十歲以上的女人？」

「也就是說我們的媽媽都在他的好球帶裡……」

或許大家都做了難以置信的想像，十分錯愕。

「由於君島說了奇怪的話，害我被誤會了啦！」

「我說的是事實喔。」

他的精神狀態脆弱不堪，現在正是好機會。

「你喜歡的是有媽媽味的女人嗎？」

「我沒說過那種話！」

我發球，結果他回擊的球缺乏剛才的力道。這種球我還接得住。

我使出【明日之星】，打回去的球落在球場後方，讓我又獲得一分，接近勝利。

「吼——可惡！爛球拍！讓人打不下去啦！」

日下部同學用力敲打球拍，被健美先生警告了。

「日下部——要好好使用球具。」

他嘖地咂嘴一聲，和其他人交換了球拍。

「把怒氣和責任發洩在球具上，真讓人瞧不起——」

小春開口批評，沒有人表示反對，都同意她的說法。

在那之後，日下部同學精神狀態脆弱，整個人無地自容，無法從我這裡拿下分數，比賽以七比二結束了。

「阿燈！幹得漂亮！」

「燈同學！把明日之星傳授給你是對的！」

小春和名取同學都稱讚了我。

高宇治同學雙眼發亮地拍手。她那種表情很少見，讓我不由得笑了。

我隔著網子，和日下部同學輕輕打招呼。

「多謝指教。」

「多謝指教……君島，拜託你，向大家說那是謊言。那不是真的。」

「你指什麼事？」

「熟女的事情。」

「家長參觀日最讓你興奮不已的那件事？」

「才不是！我沒說過那種話啦！」

由於【劇本家】的效果嗎？我順口就在事實上加油添醋了。

「真的很抱歉。真的。我不會再針對你了。」

他雙手合掌向我低頭，所以我終於開始憐憫他了。

「我知道了。我會找機會悄悄地和大家說『那是我隨口胡扯的』。」

「要解釋清楚啦。為什麼要悄悄說啦？」

我稍微裝個傻，他就吐槽了。

我就聽進他的請求，找機會和大家說明，我說日下部同學喜歡熟女是為了讓他動搖的作戰才胡扯吧。

之後，我坐下來休息時，經過的同班同學朝我搭話。

「打贏日下部也太厲害了吧！」「網球打得不錯耶！」「我也討厭他。舒坦多了。」

他們對我說了各種想法。

不知不覺間，輪到小春和名取同學比賽。我看著比賽時，高宇治同學走了過來。

抬頭一看，她按著被風吹拂的長髮。

「我原本以為廣播宅都是性格陰沉的運動白痴。」

「不對，就和妳說的一樣喔。」

我露出苦笑。

高宇治同學在我一旁坐下，抱著膝蓋。有如卸下心防的貓咪在身旁待著一樣。

「你網球打得不錯呢。」

「我只是偶然打得不錯罷了。」

「你真謙虛。」

高宇治同學輕輕笑了出來。今天的體育課，讓好感度提昇了不少吧！

她平時站著讓人看不見的大腿也露了出來，讓我都快目不轉睛了，便強迫自己的目光移

開彷彿有吸引力的大腿。

在我做這種事的時候，體育課結束了。

結束收拾後，從網球場走向更衣室時，有個戴眼鏡的纖瘦男老師走向我。

「小久保老師好——」名取同學向他打招呼。

啊，他就是網球社的顧問小久保老師嗎？他和名取同學交談後，接著瞥向我。

「你是剛才和日下部比賽的男生？」

「是的。是我沒錯。我是君島。」

「我剛好看見剛才的比賽了，君島打得不錯呢。竟然能打贏日下部。」

「沒有啦……只是偶然讓我矇到勝利。」

「沒那回事。網球可是種少有偶然勝利的運動唷。」

高宇治同學不知不覺間來到我身邊，一臉疑惑地來回望向我和小久保老師。畢竟被沒有交集的老師叫住的情況很少見，她這種反應也很自然。

「君島有參加什麼社團嗎？」

「沒有。我沒加入社團。」

「要不要加入網球社？」

「咦……」

比起我的反應，高宇治同學擔憂地出聲。
「名取也說過你有才能，希望你能加入。」
從他的話，看來監督和親自指導男女生練習的就是小久保老師。
「那個，不好意思。我還有班長的工作。」
「是嗎？真遺憾。如果想加入我們，隨時都可以過來。我很歡迎喔。」
小久保老師留下這番話後，就走向教職員室了。
「君島同學為什麼不加入呢？」
「那是……」
我有點猶豫，但決定說出想法。
「這樣和高宇治同學相處的時間就會減少了吧？像是放學後班長的工作，還有一起回家之類的。」
她很期待和我一起回家。喜歡的女生對自己說了那種話，就不是加入也沒那麼想參加的社團的時候了。
「唔……是嗎……」
高宇治同學有如受到某種衝擊，雙眼圓睜。她長長的睫毛不斷上下拍動。
「畢竟高宇治同學出乎意料地有怕寂寞的一面。啊，不對，沒有奇怪的意思——」

我原本想圓場，卻被打斷了。

「我覺得你沒有想丟下班、班長的工作，非、非常好唷。」

她看著腳下，臉微微染紅，喃喃重複道。

「這樣非、非常好。」

「啊，嗯。」

「我自己也能回家啦……那個……」

當我等待她往下說時，高宇治同學撞開我的胸部。

「為什麼啦？」

預料外的反應讓我傷腦筋時，高宇治同學便快速逃跑了。

今天也跑得好快。

我做了什麼事惹她生氣了嗎……？

網球也表現得不錯，我原本以為拿了高分。

只是我逕自認為「擅長運動會讓人有高好感度」，難不成高宇治同學並沒有這種想法嗎……？

我一頭霧水時，小春從後面追上我。

「小春我問妳。那樣做是反效果嗎？」

「什麼？」

「我網球打得不是不錯嗎？」

「以阿燈而言，我覺得很棒喔。」

「既然小春這麼說了，看來就一般而言還挺好的。」

她拍了我肩膀。

「你也想讓我看見帥氣的一面嗎？以阿燈而言挺努力的。」

小春強調「以阿燈而言」，害臊地笑了。

別看小春這種樣子，她很有常識，也具有我認知的女高中生的感性。相較之下，高宇治同學又如何呢？希望我沒有造成反效果。

小春走進更衣室後，看到站在寄物櫃前面的沙彩體操服脫到一半就不動了。

她的頭還在體操服底下，長長的頭髮從衣領流瀉而出，乍看之下就像一株海葵。

其他女生似乎沒有看出那是誰，只是嘻嘻笑著，或者用奇妙的目光看著她而已。

「小沙，妳在幹麼？」

海葵身體抖動一下，回應了。

「……沒、沒什麼。暫時不要管我沒關係。」

「這不是美少女該做的事。讓負責搞笑的人做啦。」

「我不是美、美少女啦……誰是美少女啦！」

「那是被貶低時才會有的反應。」

「有趣就是帥氣喔。」

「那是什麼價值觀啦？」

小春瞇起眼睛。沙彩下結論的方法，和擁有偏頗觀點的價值觀，和阿燈頗有相像之處。一想到正經八百的美少女班長會把自己弄成這個樣子，就令人湧現些許親近感。小春淺笑，一再大力拍著海葵。

「小沙，那麼做與其用有趣形容，應該說超怪的耶。」

「……………」

沙彩終於開始蠕動身體以後，小春幫她把體操服脫下。由於皮膚白皙，立刻就看出她的脖子到臉部都紅成一片。

「妳臉好紅喔！發燒了嗎？要去保健室嗎？」

「沒事的。我很好。」

沙彩雖然裝作平靜，臉色依然泛紅。

小春想起，阿燈似乎在擔心什麼事。

「阿燈做了什麼嗎？我可以幫忙跟他吐苦水喔？」

「！」

沙彩的臉熱到有如蒸汽火車般，都快冒出煙霧了。因此小春覺得自己彷彿看見了蒸氣。

「啊～……看來是這麼回事啊？」

小春釐清了情況。

只不過，那並非阿燈擔心的情況，別說造成反效果了，效果根本十分驚人。

「原來如此，看來非常成功呢。」

小春把還在散發蒸氣的沙彩，復原到原本的海葵狀態。

5 賭徒的自動鉛筆

響起叮咚的電子音，自動門打開後，客人走出商店。

「謝謝光臨——」

我在這間便利商店開始打工以後，已經快滿一個月了。

在櫃檯內側，芙海姊站在腳凳上，整理收銀機。

我則不知所措地嘆了口氣。

今晚是《曼達洛的深夜論》的播放日。點子郵件的收件期限是播放日當天傍晚。雖然我寄了好幾封，卻沒有自信。

以防沒有被選上的情況，我還想寫個幾封備著下週參加徵選，不過卻沒什麼靈感。

再加上期中考也快到了。

我的成績水準在平均分數以下。

取決於表現，也可能考出滿江紅的分數。不及格的人放學後得參加補習，得挪出好幾天放學後的時間消耗在這種事。

「和高宇治同學相處的時間會減少」，我都這麼表示了，假如因不及格得參加補習，那就無法耍帥了。

擁有【學年第一的頭腦】高宇治同學的成績毋需多言吧。她搞不好會認為班長根本不可能不及格而參加補習。

「如果能教我念書就好了……」

「你在說期中考嗎？」

或許聽見了我的自言自語，芙海姊問了我。

「對。我的成績每次都不怎麼樣，很有可能得參加補習呢……」

「那、那樣就傷腦筋了！」

芙海姊抿嘴，一臉哀傷。

「學弟竟然會不在……」

「取決於考試結果，我也有可能無法出勤呢。」

這間店的規矩是，遇到無法出勤的情況就得自己找到人幫忙代班。

這種事情是互相幫助，以防萬一，好幾名前輩都告訴過我聯絡方式。

「學弟不來的話，打工就不開心了……」

「芙海姊……」

芙海姊沮喪地垂下肩膀。感覺就像不小心傷了小學生的心，令我胸口疼痛。

她竟然是這樣看待我的，能當她的後進是我的福氣。

「妳就這麼期待和我一起上班啊。」

「學弟不在的話，我就不再是前輩了啊……」

「……」

她曾說過我是她第一個後進，我不在的話，表示她就是資歷最淺的人。

由於對其他較資深的員工不能表露目中無人的態度，因此她希望我在場。

「芙海姊，不可以把後進當成沙包看待喔。」

「咦？」

不要露出「不是那樣嗎」的表情。

我得念書，也必須思考點子郵件。沒空應付有精神暴力傾向的小不點學姊。

「對了，芙海姊的成績不錯嗎？」

「我可是學年前十名唷。」

真會念書。

「芙海姊，我有事想商量，妳願意教我念書嗎？這樣對彼此都有利。」

芙海姊的表情一凜，伸出大拇指指著自己。

「交給我吧。」

從她滿意的樣子來看，似乎很高興有人依賴她。

隔天放學後。

我盡快趕回家，著手準備讀書會。我的房間很狹窄，因此讀書會的場所就選在客廳。

昨天，芙海姊表示願意教我念書。

我把這件事跟小春說以後，她說：「咦——我也想和小小學姊一起念書——」，加入同伴，而名取同學聽說以後，也說：「我的成績也不太好，可以參加嗎？」加入了讀書會。

高宇治同學則牢牢盯著我看，似乎希望我邀請她。畢竟她【怕寂寞】，我不可能對她置之不理。

「高宇治同學要不要和我們一起念書呢？」

「哎呀，既然你特地邀請了我，考量到我們都是班長，可不能忽視你的好意。」

雖然她的表達方式有夠迂迴，但看來是同意了。

……就是這樣，接下來會有四個女生來到我家。

我整理完畢後，過了一陣子，有人按了好幾下門鈴。

從門鈴響的方式，我知道那是小春。

從聲音推測，她們似乎進來了。小春大概判斷了地點選在這裡，把大家帶到客廳裡。

「快進來。雖然有點窄，大家隨便坐喔——」

「那種話是住在這裡的人在說的啦。」

我提醒小春。

「離學校還挺近的耶？」穿著便服的芙海姊說道，她愈來愈像小學生了。

「因為距離近，我才選擇這間學校就讀。芙海姊，今天拜託妳指導了。」

「好——我們努力讀書吧！」

她似乎很開心被學弟妹們依靠，一臉笑嘻嘻的，心情極佳。

「我穿便服好看嗎？」

芙海姊轉了一圈。

雖然芙海姊身高很嬌小，但她是超級娃娃臉。

「……感覺芙海姊很受歡迎呢。」

受小學男生歡迎。

「討厭啦——學弟每次都像這樣對人家說甜言蜜語——！」

我交叉手臂，擋下她不斷揮出的拳頭。

「唔？真有一套。」

「畢竟我習慣了。」

一想到眼前凶暴的吉娃娃會冷不防咬上來，至少會做好防禦的準備。

「燈同學，打擾嘍。」

名取同學從小春後面探出臉。她也換了便服，是連帽上衣加上短褲。由於她斜揹包包，包包的袋子緊貼胸前，讓胸口的輪廓隱約浮現而出。

名取同學的便服很有她的風格。

看來芙海姊和名取同學都先返家一趟了。

「我上國中以後就沒有來過男生家了，有點緊張。」

小春對嘻嘻笑的名取同學說明。

「妳可以大大方方地躺在沙發上喔。」

「那種話是住在這裡的人在說的啦。」

由於小春最常來我家玩，或許會說這種話吧。

「咦，高宇治同學呢？」

「小沙也會先返家一趟再過來。」

也就是說，高宇治同學也會換上便服吧？

大家各自在我準備的坐墊上坐下，把文具和教科書放在矮桌上。

配合老師公告的考試範圍，開始作習題。

「問妳喔！小學姊。」

「哪裡有問題？小辣妹。」

小春叫了芙海姊以後，立刻受到對方指導。

小學姊……？啊啊，是小小學姊的簡稱嗎？

話說回來，從外表判斷的話，小春像是會第一個偷懶的人，但是她出乎意料地認真念書，受到她的影響，我和名取同學也開始解習題。

有東西碰到了我的膝蓋。是名取同學富有肌肉而充滿彈性的腳。

「燈同學，這裡你看得懂嗎？」

正在做同一個地方的我，苦笑著搖頭。

「完全看不懂。」

「我想也是。這裡好難喔！」

名取同學和我的成績大概差不多。看不懂的地方也一樣。

「學弟。網球妹。如果有不懂的地方，儘管向學姊我發問。就算是無聊透頂的問題，我也不會生氣的。我盡量說到做到。」

盡量嗎？妳要說清楚講明白表示不會生氣啦！這樣讓人很難問問題耶。

『我快到了。』

高宇治同學傳了訊息過來。她似乎向小春詢問了地點，沒有迷路就到了。

……高宇治同學就快到了。而且還是穿便服。我愈來愈緊張了。

我冷靜不下來，用自動鉛筆敲了敲習題。

門鈴響了以後，我猛然站起身，筆直走向玄關。

「現在就開門！」

我心懷期待，緊張地開門後，確實是高宇治同學站在門後。

「對不起，我晚到了。」

「完全不會。我在等妳。」

「是、是、是嗎……」

她挪開了目光。

高宇治同學身穿一襲白底、碎花圖案的連身裙。由於腹部繫上腰帶，腰的位置看起來比平時更高。她肩上掛著的包包內大概放了文具和教科書，看起來沉甸甸的。

「我幫妳拿東西。」

「不用，沒關係。」

「我們在這裡的客廳念書。」

「好。」

此時，正在脫鞋子的高宇治同學失去平衡，站不穩了。

「危、危險——」

我原本伸手想撐住她，卻錯手握住了她的上臂。

「對不起。謝謝你扶我。」

「不會。幸好妳沒跌倒。」

高宇治同學纖細的上臂十分柔軟有彈力。

——很久以前，有個了不起的人曾經說過。

「人的上臂與胸部同樣柔軟。」

這、這就是……！高宇治同學的……！

「君島同學？」

「我在！不對、那個……上臂很棒呢！」

「是嗎……？請放開我好嗎？」

我怎麼說出上臂很棒這種話，有夠噁心。

「啊，對、對不起，不好意思，雖然是意外，還是碰到妳了！還有，我好噁——」

「不用一直道歉。是我受到你的幫助呀。」

我的反應根本就像碰到女生胸部一樣。

「小沙，歡迎妳來。是說只不過來阿燈家，妳也太花心思打扮了。衣服超可愛的。」

「不是那樣……」

她特地打扮過了？為了這場穿著制服也無妨的讀書會？

「海姊說，有不懂的地方可以教我們。」

把小學姊的稱呼更加簡略過後，就變成海姊了。

「是嗎？那就令人安心了。」

看來她似乎明白海姊指誰。理解能力真強大。

高宇治同學進入室內後，小春有如和她對調般，穿上後腳處被踩扁的皮鞋。

「我也要回家換衣服——」

「為什麼？」

「只有我穿著制服，也太不解風情了吧？」

小春沒有繼續對不解偏頭的我說明，只說「待會見」，走出家門。

「君島同學，昨天的廣播……」

「嗯，沒有被選上呢。」

雖然我滿心期待，覺得多少有可能被選上，不過我的點子郵件沒有被唸出來。

「畢竟也要考量時機和運氣，你不需要在意喔。」

高宇治同學如此鼓勵我。

「還有兩次機會，不要著急，一定沒問題的。」

「嗯。」

我返回客廳，芙海姊坐在認真念書的名取同學身旁，而高宇治同學就在我身旁正好空出來的位置坐下了。

我和高宇治同學的距離，比我料想中的還要近。只要移動手肘，似乎就會碰到她。因為她穿便服的緣故嗎？她身上有股和制服不同、柔軟劑的濃郁的氣味。

高宇治同學把礙事的頭髮掛在耳後，一臉認真讀著教科書和筆記。

或許注意到我的視線了，就在她轉動視線要對上我時，我的目光回到習題上。

在筆記的角落，高宇治同學快速地寫了一句話。

『謝謝你找我參加讀書會。』

我原本還擔憂她是否會抗拒來我家念書，或者考量距離太遠就不過來，現在看來只是杞人憂天。

我們四目相交後，我搖了搖頭。

高宇治同學露出微笑。

喜歡的女生就坐在我身旁，怎麼可能集中精神念書。

從她伸長的頸子和連接肩膀的部位，隱約露出漂亮的鎖骨。我的視線從那邊往下滑，由於她身體往前傾，衣服和身體間露出細縫，讓人可隱約看見衣服底下的內衣。

「嗚嗚……」

由於【高專注力】的緣故，高宇治同學沒有察覺這個情況。

如果是小春，我能立刻說出口……就當作沒、沒看見吧。

我為了隱藏動搖，轉了轉筆，結果弄壞自動鉛筆了。

「欸。」

「真是的——拿你沒轍。」

我一個字都還沒說，芙海姊已經從鉛筆盒中拿出一枝自動鉛筆。

「這枝筆借你。」

「謝謝。不過，我房間也有備用的筆——」

當我想拒絕時，倏地看了看那枝自動鉛筆，上頭有狀態欄。

【賭徒的自動鉛筆】。

好、好厲害的筆……

我第一次發現擁有狀態欄的物品。

我原本打算回房拿另一枝自動鉛筆，便坐回坐墊上，接過芙海姊的自動鉛筆。

我嘗試用在選擇題上。選項有A到D四個選項。我讓自動鉛筆在習題上游移後，感受到A與D有著如磁力般的引力。

難不成這枝【賭徒的自動鉛筆】，能夠將選項篩選到一定範圍嗎？

我用刪去法，選擇了A，對答案以後，結果是正確的。

接下來的兩個問題，我都用【賭徒的自動鉛筆】，將多個選項縮減成兩個選項。答對的機率是一半，但只要知道其中一方不正確的話，必然能夠選擇正確答案。

「有、有夠破天荒的道具……」

芙海姊在不知情的情況下用了這枝筆吧？學年排名十名內的成績，是因為這枝筆帶來的幸運嗎？

「燈同學擅長什麼科目？」

名取同學讀到一個段落，問了我。

「我是現代文吧？與其說擅長，只是成績比較像樣罷了。」

「是喔——我也一樣喔。我們很相像呢！」

「名取同學很努力。只要妳好好念書，一定沒問題喔。」

「咦——你懂嗎？人家被燈同學鼓勵了。」

名取同學嘿嘿一笑後，從一旁傳來自動鉛筆的筆芯嘰地折斷的聲音。

「為什麼名取同學直接稱呼君島同學的名字呢？」

高宇治同學依然盯著筆記本，面無表情地詢問。

毫無起伏、有如讀經般的聲音，令人莫名恐懼。

「因為我們感情很好？」

名取同學微微偏過頭。高宇治同學按出筆芯，發出喀嚓喀嚓聲。

「真奇怪。」

「為什麼？」

「因為，我都還只稱呼他為君島同學。」

「……？我不需要和高宇治同學的感覺停留在同樣的階段吧？」

「妳、妳說的沒錯……不過我和君島是聽廣播的朋友，該怎麼說，我們感情很好。」

從高宇治同學的說法來看，似乎是她作為興趣相投的朋友，用姓氏稱呼相處融洽的我。

所以感情也沒多好的名取同學直接叫人名字，讓她覺得奇怪吧。

高宇治同學親口說我們感情很好，讓我尋常地感到欣喜。

「那我也來聽廣播吧！」

「不、不用聽也無所謂喔！請不要自、自作主張闖進別人的空間。」

「用闖進去形容也太過分了——我也沒有自作主張好嗎？」

這個場面有如陽光外向的人不帶絲毫惡意，想加入陰沉內向的人組成的封閉型同好會。

「有種暴風雨的預感。要去外面打嗎？」

沒有人要打架。小個子學姊請乖乖坐好。

這時候，客廳的門被人打開。

「大家快看——」

換上便服的小春，心情愉悅地轉了一圈。她穿著露出白皙肩膀、編織材質的連身洋裝，裙襬短得要命，腳上穿著過膝長襪。

這個辣妹的打扮有夠清涼。

「這是我上週買的衣服，有夠好看。我好開心唷——雖然我也帶來其他衣服……」

小春頓時察覺室內的氣氛不太好。

「怎麼了？發生什麼事了？」

「……總之，讓我們看看其他件衣服。」

雖然我不明白為何她想來場時裝秀，不過現在那種悠哉的性格令人感激不已。

小春輕輕說道。

「不了。現在不是做這種事情的時候啦！好怪喔。小沙和小陽毫無反應耶。」

我望向時鐘。

「妳們太晚回家也不好，差不多該解散了吧？」

這個時間，作息偏早的家庭都要用晚餐了。

「人家還沒念多少書耶——？」

「就算想來場時裝秀的人這麼表示，也毫無說服力唷。」

我安撫著噘嘴的小春，和做好回家準備的芙海姊和名取同學一同走出家門，小春也跟著離開了。

高宇治同學還沒有準備好回家嗎？我看向客廳，結果她抱著膝蓋，整個人無比消沉。

「我表現出老鳥不好的一面了……」

關於這一點，我無法否認。

「……嗯。別放在心上。」

老鳥對菜鳥展現優越感，在任何領域都有這種情況吧？

正因為私底下偷偷享受樂趣，我和高宇治同學感情才會變好。無論是誰想加入，都會有所抗拒吧？

不知不覺間，天色已經暗下來了，我送高宇治同學前往車站。

「在當節目執行企畫的哥哥說……」

途中，高宇治同學跟我說了節目製作方面的事情。

「如果君島同學寄的郵件能被選上就好了。」

「他的意思是，果然想和我……」

好好相處這句話還沒問出口，高宇治同學的手機就響了。

「……是哥哥。——喂。對，我現在正要回家。」

「妳要跟他說明，之前都在專心念書。」

我明明說話很小聲，似乎卻被聽見了，高宇治同學的臉遠離手機。

『喂！為什麼你和沙彩在一起！我可沒允許！』

「我們只是偶然待在一起念書喔。還有其他同學在。」

雖然現在已經散會了啦。

『……那就原諒你。』

有夠難搞的哥哥。

『已經快到門禁的時間了，要好好讓沙彩回來！』

「是——」

還有規定門禁喔？

「就像沒有一樣。雖然哥哥在家時我會遵守時間，不過他工作外出時，我就——」

『沙彩，我都聽見了！』

由於看不到人嗎，高宇治同學就像惡作劇的孩童般地聳了聳肩。

『由於你昨天都沒有被選上，還有兩次機會。』

「是啊。」

『畢竟有好幾個點子單元，在任何單元被選上都可以。』

雖然條件放寬令人感激，不過反過來說，「反正不會被選上」的想法昭然若揭。

『只要在節目裡被讀信就好了喔？』

他諷刺的口吻令我惱怒時，高宇治同學按下結束通話的按鍵，強制結束對話。

「對不起。哥哥是白痴。對他而言，有趣就是無可動搖的價值觀，所以他就會在這種地方認真。」

這是擁有才華的前搞笑藝人似乎會有的想法。

「還有兩次機會。不要太緊繃，放輕鬆才會有靈感。」

我一邊聽著這番話，一邊走夜路到車站。像這樣走著，看在別人眼中像情侶嗎？

如果是這樣就好了——當我悠哉思考時，我們碰到彼此的手了。

「！」

「啊，對不起。」

高宇治同學似乎和我一樣動搖。

高宇治同學一瞬間縮起脖子，在胸前握住抽回來的手。

「我才……對不起。」

高宇治同學浮現冷漠的表情，筆直望向眼前。縱使在微弱的夜色中，也看得出她的側臉微微泛紅。

「……這件衣服會不會很奇怪？」

「咦？妳穿起來很好看喔。」

「是嗎？」

雖然她沒什麼特別的反應，不過嘴角微微揚起了。

我配合慢慢走路的高宇治同學，比平時花更多時間走到車站。

「我很期待你的郵件會被唸出來。」

「不好說……我沒什麼自信。」

「就算是普通的點子，只要前後的鋪陳有意思，也有人順利地炒出一道好料理喔。」

「既然『宇治茶』大師都這麼說明，讓我多少有點自信了。」

「一定沒問題的。」

彼此揮手道別後，我走出車站。我用眼角餘光往後看，看著這裡的高宇治同學還在朝我揮手。

我走幾步之後回頭，走幾步之後又回頭，不斷重複這個舉動，高宇治同學也一直目送著我離開。

已經讓人搞不懂到底是誰送誰回家了。

「夠了啦！已經有好幾班電車開走了啦！」

我如此說道，她不禁笑了出來，優雅地遮住嘴角。

為什麼高宇治同學對我笑，會令人這麼開心呢？

由於發生了這種事，到家的時間愈來愈晚了。

……希望她不會被直道先生責罵。

6 校外教學與游泳池

「唔唔……」

我正在打工。

當我在思索點子郵件時，不禁發出呻吟。

「學弟怎麼了，念書不順利嗎？」

「那方面倒沒有問題喔。」

芙海姊曾說過，可以把【賭徒的自動鉛筆】暫時借我一陣子，因此東西還在我手中。

拜此所賜，考試的手感十分良好。

我預估確實能超過平均分數，和高宇治同學對答案後，看來能夠避免不及格和放學後補習的情況了。

「我原本以為你在擔憂考試，看來學弟是煩惱多多的男人呢～」

芙海姊口吻輕鬆，面露微笑。

「都是拜芙海姊的指導所賜……不對，多虧舉辦了讀書會，才能考出好成績。」

「學弟是肯做就辦得到的男人啊。」

雖然她給人療癒系的印象，總是和藹可親、面帶微笑，但不曉得她的拳頭何時會朝你飛來，因此不可以大意。

由於不了解什麼事情會是她的地雷，因此和芙海姊聊天時，保持距離才是正確的做法。

「那件事不像考試那樣有分數，令人傷腦筋呢。」

昨天是那個約定以後，廣播節目第二次播出的日子。

雖然我寄出的郵件比第一次更大量，結果卻石沉大海。

從我參加徵選的單元開始後，我就內心七上八下地等待「爽朗拳頭」的筆名被唸出來，不過在第二次節目中，我還是落選了。

我明白沒有那麼輕易可以被選上。不過，我歷經煩惱思考的哏卻沒有被看上，令人多少受到打擊。

郵件沒有寄到嗎？被分類到垃圾郵件了嗎？在收件時間結束前趕忙交件不太好嗎？說到底，段子很無趣嗎？我果然沒有搞笑的品味嗎？諸如此類，不過我再怎麼胡思亂想，也想不到答案。

由於我把記錄在手機記事本的哏全都寄出去，又得從頭開始思考了。就是這樣，現在記事本上一片空白。

「我不曉得你在煩惱什麼事情，不過比起鑽牛角尖，暫且停止思考，紓解壓力，也是不錯的做法喔？」

「壓力……」

我並非沒有壓力。

原本滿心期盼的播出日，現在演變成有點像是等待審判的狀態。

雖然有高宇治同學的協助，但沒有正確答案，只能大致上給我一些感覺方面的建議。

「芙海姊，所謂有趣，到底什麼意思呢……」

「學弟望向遠方了！症狀好嚴重……」

芙海姊訝異地睜大眼睛，「唔唔唔」地沉思，接著或許想到結論，點了點頭。

「明天是假日。你有安排計畫嗎？」

「沒有，我沒有任何計畫。」

「那就出去玩吧！」

「咦？誰跟誰出去玩？」

「學弟和我啊。」

「請問我是否擁有拒絕的權利……」

「咦？」

芙海姊純真的雙眼圓睜，感到奇妙地挑眉。

「學弟怎麼可能擁有拒絕的權利呢？」

這種「前輩的言論就是正義，無可動搖」的思考就不能想點辦法改善嗎？

「難不成學弟以為我們要去約會嗎！」

「不，我沒有誤會喔。」

她靠近我。我的警戒心與距離呈現反比，逐漸增強。

「請你不要誤會啦！」

「我沒有誤會喔。」

由於她愈來愈靠近我，我盡可能不讓目光移開她身上，緩緩後退。沒錯，就和面對野生的熊一樣作法。

要冷靜，冷靜地拉開距離……

「就算你是個學、學弟，也是男生，會在意我也無可奈何——」

我的腰附近傳來硬梆梆的觸感。看來我在不知不覺間，被逼到櫃檯的角落了。

狀況不妙。

「說真的，我沒有在意妳。」

就算我拚命解釋，比凶猛的熊更可怕的芙海姊對我的話充耳不聞。

「芙海姊，我們還在打工——或許會有客人光臨——」
芙海姊舉起她專用的腳凳。
「請不要期待會有色、色色的發展啦——嘿！」
她直接把腳凳丟向我。
「妳並沒有令人值得期待的性感——哇啊啊啊！」
被丟過來的腳凳比預想快上好幾倍，咚地直擊我的臉部。

隔天是星期六。
我和芙海姊約在搭電車三站、靠近鬧區的車站見面。
「海姊好慢唷。」
昨晚，小春問我今天的計畫，我回答後，她說想跟，我就帶她來了。當然芙海姊這邊也同意了。
「雖然妳抱怨她很慢，不過才剛到約好的時間喔。」
因為我們比約好的時間提早十五分鐘到，所以覺得自己已經在等了。
「學弟、小辣妹，讓你們久等了——」

走出剪票口的芙海姊，朝我們小跑步過來。

她身上那種小女生有些靜不下來的氛圍，非常惹人憐愛。但深知她平時素行的我，只覺得遺憾至極。

「海姊，妳好慢唷。」

「時間剛剛好喔。」

「我想買泳裝，可以去逛逛嗎？」

「可以呀——啊，說起來二年級生也來到這個時期了。」

這個時期？

期中考前幾天才剛結束，離夏天還有一陣子，還不到游泳的季節。

我跟在邁步而出的兩個女生後面，毫無猶豫地直接進入商場的建築物裡。

商場大半是女用商店，販賣衣服或雜貨等物品。

「今年也會住在布蘭什麼的飯店裡嗎？」

「記得是叫做布蘭提亞飯店吧？」

由於小春提起話題，我終於察覺兩人在說下週後半開始的校外教學。

「啊——住宿的飯店？記得叫做布蘭提亞沒錯。」

我們也拿到了簡介，住宿地點的欄位中，有一排有品味的英文名稱。

「我調查以後，發現飯店有游泳池！所以我想看看泳裝。」

所以她今天才跟來啊？

「去年雖然時間不多，大家都玩得很開心喔～」

級任老師沒有特地提及不能用游泳池。

也就是說，可以把游泳池當成飯店的設施之一自由使用吧。

我們搭上電扶梯，小春憶起似地說道。

「待會兒也去看看阿燈的衣服吧。」

「妳還記得啊？」

「那當然嘍！唉，去快時尚的店，也完全來得及買。」

小春的視線從上方往下挪動，就像確認我的意願。

我曾經找小春商量過，和高宇治同學約會時沒有衣服可穿。

當時當她曾迂迴地嗆我衣服有夠土氣，不過今天沒有任何評論，看來似乎及格了。

「咦？是說穿學校泳裝不就好了？」

「才不好咧。我當然想穿可愛的泳裝啦！」

「不是那樣吧？小辣妹想穿上火辣的泳裝，獨占學弟的目光喔。」

「不、不是啦！通通不是。海姊在胡說八道。」

小春嘟囔「真是的」，轉身背對我。

我們來到想逛的店鋪所在的樓層，小春一副很習慣的樣子，穿過女生熙熙攘攘往來的樓層走道。

「學、學弟——！」

我聽見聲音，轉頭一看，芙海姊幾乎要被女生的人群沖走了。

「芙海姊？真是的，怎麼搞成這樣啊？」

我衝到她身邊，把她從人群中拉出來，救了她。

「妳還好吧？」

「我總算沒事。如果是男生，我就能開出道路了。」

請不要嘗試用武力解決問題。

「要跟著我的背影走。」

沒有人會跟過去的啦。如果芙海姊生對時代，似乎會成為出色的武將呢。

「你們在幹麼——？」

小春站在想逛的店鋪前，向我們揮手。

在那間店的入口處，有個模特兒假人穿著比基尼和沙龍布，搶先一步帶出夏日氣息。

我不想踏進去……

或許只有我有這種想法，不過我光是通過女用內衣的商店前就有點抗拒了。就算賣的是泳裝，考量到布料的面積和內衣一樣少，就令人傷腦筋視線要看向何處。

「我在這裡等就好。」

正好有一張供人休息的長椅，我指著那邊。

「為什麼？」

「男人不該進去那種店。」

「不會有人在意的。你想那麼多，反而像個色狼喔。」

「不要想太多就沒事嘍。」

不可能。

「來，我們進去吧。」

由於芙海姊拉了我的衣袖，我無法反抗她，被兩人帶到店裡了。

店員約三個人，也都做辣妹打扮。如果小春進化成店員的話，或許會變成這種風格的姊姊吧？

除了我以外，顧客皆是高中到大學生的女生，令我相當坐立不安。

小春拿起中意的泳裝在鏡子面前比對。另一隻手也拿了好幾件想比的泳裝。

「芙海姊去年買了泳衣嗎？」

「我只要脫下衣服，大家都會看我唷。」

在各種意義上，很受到矚目吧？

「男生都是小孩子啦。」

雖然芙海姊像個成熟女性，不過我才想反問，誰是小孩子啦。

「芙海姊最適合穿學校泳裝吧？」

體型上。

我隨口開了玩笑後，療癒系小學生芙海姊的臉變得有如般若一般。（註：此處指日本傳統能面中的般若面具，表示女性嫉妒和怨恨的怨靈表情。）

「啊？」

「非常抱歉。沒什麼。」

好可怕喔喔喔……這個人非常不情願被學弟妹開玩笑。

「阿燈覺得哪一件泳裝比較好？」

把商品的太陽眼鏡戴到頭上的小春如此詢問。小春莫名適合這種打扮。

「就算妳問我……」

感覺她在測試我的時尚品味。

我再怎麼端詳也看不出個所以然，便隨手挑了一件泳裝遞給小春。

「阿、阿燈喜歡這、這種的喔……」

小春目不轉睛地觀察起泳裝。

我幾乎隨機挑選的泳裝，是比其他款式的布料面積更小的黑色比基尼，假如小春穿上，比基尼上衣的側乳或下乳都會露出大半面積吧？

「該說意、意外嗎……就算是我也要鼓足勇氣……」

小春失去了氣勢，嘟噥說。

興致沖沖把太陽眼鏡戴在頭上的人展現這種反應，看來我選了相當火辣的泳裝。實際上或許是如此。

「不對，我剛剛是隨便選的！那不是我的喜好，我真的是隨便挑的而已！」

「看來學弟喜歡這種泳裝呢……」

啊。沒救了。我愈想圓場，就愈給人那是認真挑選的感覺。

「我會仔細思考後再選的，再給我一次機會！」

「你那麼認真，反而會嚇到人。」

為什麼啦？

小春一邊捲弄著金髮，一邊害羞地說：

「沒、沒辦法啦？畢竟阿燈第一次接觸的對象是我，我也不是不明白，會因此對我有色

色的妄想啦……」

我不明白。

第一次接觸是指什麼事？

此時，小春注意到了什麼。

「咦？那不是小沙嗎？」

她指的地方，確實是身穿便服的高宇治同學。

她沒有穿著在我家舉辦的讀書會時，小春評為鼓足幹勁打扮的那套便服，今天是偏向輕便的打扮。

「小沙——！哈囉——！」

「喂，笨蛋，別叫人啦！妳以為我現在處於什麼狀況！」

我隨即傾身對小春抱怨。

如果被她看見我待在這種男生勿入的場所，很可能讓人產生奇妙的誤會。

「有什麼關係？把人找過來，阿燈也會比較開心吧？都這個時間了，待會兒還能一起用午餐。」

也、也對。

我悄悄離開商店。在這裡被人看見，就萬無一失了。

此時，我已經看不見高宇治同學的身影，她混入人群之中，不見蹤影了。

看來她沒有聽見小春的呼喊聲吧？

我察覺手機在震動，手機畫面上顯示的是未知的號碼。

難道是高宇治同學嗎？由於我們過去是用通訊軟體講電話，這是她第一次打電話過來。

「喂，喂喂。」

『我是高宇治。』

「……啊啊……是另外一位高宇治啊？」

我提高半度的音調，一口氣掉了下來。

是直道先生打來的。看來他向高宇治同學詢問了號碼吧？

「有什麼事嗎？」

『我之後聽了《曼深》的廣播。「爽拳」沒有中選呢！』

「……是啊。還有，請不要簡稱『爽朗拳頭』。」

『下次就是最後一次機會了。』

「我明白。」

『沙彩可是從我這裡接受了作為廣播聽眾的英才教育。』

「身為哥哥，應該還有更重要的事情要做吧？」

『……』

「所以，那又怎麼了？」

『所以說，郵件沒有被挑上的人，根本沒有討論的餘地。』

「那也……」

我無法斷言表示「不見得」。既然提到了高宇治同學，關於廣播節目和其應對態度，都是無可避免的話題。

『唉，你就加油吧？』

直道先生帶著笑意說道，掛斷電話了。

◆高宇治沙彩

「已經甩掉人了吧……？」

沙彩不斷轉頭環顧四周，沒有看見面熟的同班同學。

她安心地吁了口氣，逐漸遠離小春和阿燈所在的店鋪。

「為什麼會在那裡遇到同學啦？」

由於沒有和朋友約見面的行程，因此她身穿相對輕鬆的打扮出門。假如知道會碰到阿燈

的話，她就會穿更可愛的衣服了。

今天早上才決定來這裡逛街。

沙彩也和小春一樣，為了購買下週的校外教學時要穿的泳裝，便帶著錢包一起來到商場，不過她作夢也沒想到會遇到阿燈。

她沒有和任何人提到這件事，是因為不想被其他人認為，為了校外教學買一套新泳裝是否太興奮了。

實際上或許是這樣，不過身為「高宇治沙彩」，應該是對這種勝負一笑置之的類型。

不過既然被小春發現了，這種時候就應該乖乖回家。

計畫B。校外教學穿學校指定的泳裝。

穿學校泳裝比較不會給人浮躁的感覺，更重要的是，這麼做符合大家對「高宇治沙彩」的印象。

「哥哥在做什麼？」

坐在長椅上休息的錢包……應該說哥哥，看著手機，感到有意思地露出笑容。

「沒有，我只是覺得對方的吐槽品味還不錯。說話平易近人的方面也是，言簡意賅加上講話速度快。有如名槍手般敏捷。」

「槍手……？你在說什麼事？」

「所以妳決定要買什麼東西了嗎？」

「沒關係。我不買了。」

「用不著客氣喔？說起來，妳要買什麼？內衣褲嗎？」

「哥哥竟然問這種事情，有夠噁心。」

「不要這麼說話嘛！」

「你只要幫忙出錢不就好了？還特地陪妹妹出門購物，也太噁心了吧？」

「反抗期嗎……」

別看哥哥這樣，他很忙碌。工作的廣播節目每週收錄兩次，現場直播一次，也得配合工作開會，不分晝夜在工作。

「前輩找我吃頓午餐，沙彩也要來嗎？」

在當搞笑藝人時，關照哥哥的前輩們也經常像這樣約他用餐。

「我就不用了。如果我同席，你們就沒辦法無話不說了吧？」

「也不是那樣。」

直道從皮夾裡抽出一萬圓鈔票。

「我不曉得妳想買什麼，給妳。」

「已經不用了。」

「真的不用嗎？我會晚回家，妳就自己吃晚餐。」

直道收好皮夾後，便離開了。

沙彩遠遠看見阿燈、小春和芙海三個人一起在樓層中走著。

「君島同學和瀨川同學的感情很好呢……」

一想到阿燈是否幫忙她挑選了泳裝，胸口就隱隱作痛。

然而，說到自己是否有勇氣請阿燈協助挑選泳裝，其實沒有勇氣；而且，她依然不能接受陽色直呼阿燈的名字。雖然她覺得彼此挺親近的，但可以直接叫名字嗎？

縱使在阿燈面前，她逐漸展現出真實的話語、態度及表情，依然沒有卸下「高宇治沙彩」的外殼。

◆君島燈

校外教學第一天。

我們二年級學生比平時的上學時間更早到校，在操場集合。

級任老師交付我和高宇治同學的任務，是向同學點名，按照座號排好隊，全員到齊以後就能夠上巴士了。

高宇治同學拿著點名簿，慌慌張張的。

「請大家……按照座號排隊……」

雖然她這樣出聲，不過接下來要前往校外教學的男女同學不可能不興奮，也沒有聽話排隊，繼續和周圍的朋友聊著天。

高宇治同學的狀態欄中，有一項【不擅長面對人群】。

畢竟她性格正經八百，想做好老師交付的事情，不過卻不順利。

雖然一大清早的，我非常睏倦，但現在不是抱怨的時候。

「高宇治同學，可以請妳點名嗎？」

「好的。」

咳咳，我清了清喉嚨，做好準備。

「請各位同學按照座號排好隊！這樣下去一輩子都不能上巴士喔——按照座號排隊——啊，高宇治同學會幫到校的人點名，請同學去找高宇治同學報到——」

我一邊向大家喊話，一邊往隊伍後方移動。

「燈同學超有幹勁的耶！」

名取同學坐在行李箱一旁，露出有如發現同伴的眼神。

「與其說有幹勁，畢竟我是班長。」

「說到底，阿燈也挺期待這次旅行的吧？」

一旁的小春咯咯笑道。

「我從剛剛就一直要大家按照座號排好隊了吧？不良少女。」

「啥？辣妹和不良少女才不一樣。」

我完全搞不清楚兩者的界線在哪裡，不過提醒我的小春，滿臉不情願地拿好行李。她帶著偏大的行李箱和碩大的波士頓包。

「我要走過去了，阿燈，幫我拿這個。」

「我可不是門僮。」

「班長不就是要照顧班上同學嗎？」

「並不是。就算要照顧同學，也不包含打點妳身邊的小事喔。」

她把波士頓包強硬地塞給我，我無奈地幫忙拿。

「謝啦。」

「妳的行李那麼多，到底帶了什麼東西呀？」

我把波士頓包還給沒教養地坐在行李箱上的小春。

「很多東西呀？像是泳裝之類的。」

「……」

「咦？你想像了嗎？阿燈大色胚。」

她發出「嗚咿」怪聲，用鞋尖輕輕踢了踢我的腳。

「我才沒有想像。妳這個不知羞恥的不良辣妹。」

「就算不曉得兩者差異在哪裡，也不要混為一談啦。」

「畢竟原本就夠大了，不自重一點的話，會被看光光的喔。」

「阿燈也看小春我的胸部看得太過頭了吧？」

「……」

「無法立刻否認的阿燈是胸部星人。」

「吵死了。」

小春咯咯笑了。

小春也毫不例外地情緒高漲。

我跟芙海姊和小春出門購物時，她似乎買了泳裝，不過我沒有查看她買了何種款式。

畢竟小春的狀態中有【純情】的項目，我只想像得到應該不是清涼或者具有冒險精神的泳裝。

要幫興奮不已的高中生整隊非常辛苦，我確認所有人都到齊後，向老師報告。我們終於可以搭上巴士了。

「君島同學，辛苦了。」

「不會。高宇治同學才辛苦了。」

「我只是幫忙點名來找我報到的同學罷了。你幫大忙了，謝謝。」

「各司其職啦。高宇治同學不擅長面對人群吧？」

「……真虧你曉得耶？」

「啊。沒有，我隱約覺得是這樣。」

我不可能說出狀態欄這樣呈現，便哈哈笑著蒙混過去。

「君島同學剛才和瀨川同學似乎聊得挺開心的。」

「是嗎？我覺得很尋常。」

就算把小春亢奮的情緒也考量進去，也落在平時互動的範圍內吧？

高宇治同學帶著確信的表情點了點頭。

「感情融洽的兩個人聊得很開心——那樣已經算是廣播了。」

「啊，不對吧？」

高宇治同學也打開奇妙的開關了吧？

雖然她一副命中紅心、得意洋洋的表情，不過意見太偏頗了。

「我認為正因為感情好，兩人的世界觀才得以成立。」

「好罕見的看法！」

「如果我加入其中，兩人就無法以那麼流暢的節奏聊天了吧……」

「咦？那是什麼視角？」

「假如第三者進入那個圈子，便會形成不一樣的東西，就和對於廣播主持人的想像一樣，因此君島同學和瀨川同學的談話，我認為和廣播如出一轍。」

「並不對吧？」

為了不讓她繼續失控，我明確地否認了。

「不過，進不去兩人的圈子裡，也會令人產生疏離感喔？」

高宇治同學端正的眉毛和眼角下垂，浮現哀戚的表情。

流露哀傷的動人眼神，有如電影中的場景。

接著其憂愁的眼神，轉變成責難般的眼神。

「原來君島同學是胸部星人呢。」

被她聽見最不想被她聽見的那句話了！

難不成，由於她吃醋了，所以在捉弄我嗎……

「我也……被人稱讚過胸部喔……」

「咦？」

我一反問，高宇治同學便把行李放到巴士的行李艙，趕緊上車了。

「你要放行李嗎？」

整理行李艙內行李的司機詢問我，「啊，對。」我隨口回答後，把包包交給他。

「剛剛那是……」

她是否想表達自己的胸部也不小呢？我未曾想過高宇治同學是平胸。她的身材很苗條。

此時，我的身體浮現淡淡的光芒，狀態欄更新了。

・君島燈

・成長：急遽成長

・特徵、專長

強心臟

廣播宅

撲克臉

擅長稱讚

明日之星

劇本家
領頭羊

我似乎學會了【領頭羊】。
由於剛才完成班長任務的緣故吧。
這麼一來，就更容易展現領隊的風範了。
……咦？【路人】的項目不見了。
我推測，因為和【領頭羊】的意義相反才消失的。
仔細一想，領隊不可能是個路人呀。
名取同學跟在我後面。
「有人和燈同學一起坐嗎？」
「嗯。大概沒有。」
「我可沒有唷——」
她傷腦筋似地嘿嘿笑道。
「什麼？妳忘記帶東西了嗎？」

「要我說出口嗎？」

「妳在說什麼？」

說真的，我一頭霧水。

名取同學大概感受到我的疑惑了，在我耳邊講悄悄話：「我在說胸部啦。」

「是、是嗎……？」

我未曾意識過，不過重新查看後，或許大小正如她所說的。

「我可是很自卑的──」名取同學開朗地笑著帶過。

我走上巴士，查看哪裡有空位，位於巴士後方的位置被時髦的男女同學占據，他們已經打開零食包裝開趴了。

雖然可以自由入座，不過愈安靜乖巧的同學，似乎有愈坐在前面座位的傾向。

高宇治同學和小春已經上車，一前一後坐在窗邊的位置上。她們身邊的位置都空著。

「「……」」

兩人都用眼角餘光看向我。

高宇治同學的旁邊沒有人……

我試著裝成不懂察言觀色的蠢蛋，坐在她身邊吧。

或許她會說「有人坐了」，不過以防萬一……

「燈同學，那邊有空位。」
名取同學拉著我的袖子，走在走道上。
「名取同學——？」
她剛才問我是否有人跟我坐，是這個意思嗎？
那份心意讓我很開心，可是現在——
當我們快通過高宇治同學和小春座位一旁時，我另一側的袖子被拉住了。
「君島同學，你要去哪裡？」
高宇治同學以對外的、嚴肅的「沙彩表情」開口問了以後，名取同學代替我回答了。
「那邊有空位，我們要去坐在那邊。對吧？」
在我有所反應之前，高宇治同學提高音量說道。
「班長要坐在一起，這是規定喔。」
規定？
那就沒辦法了。嗯。
「咦——？是嗎？真的嗎？」
「看來是真的，名取同學。」
由於正合我意，我就順勢而為吧。

名取同學沒有把我流暢的附和聽進耳裡，狐疑地凝視高宇治同學。

「快放開君島同學。不讓他快點坐下來，後面會堵住的。」

我傷腦筋地看向小春，她便搖了搖頭，像在表示拿我沒辦法。

「小陽，我旁邊沒人坐喔？來坐這裡啦。」

小春拍了拍她旁邊的空位。

我的青梅竹馬真是太可靠了。

「那我就坐這嘍。」

名取同學放手，在小春旁邊坐下了。

「畢竟我是班長，請容我坐在妳身邊……」

「請……」

請？

我納悶偏頭，似乎是高宇治同學發出的聲音，我一頭霧水，不過她和小春同樣拍了拍旁邊的空位。

她似乎歡迎我坐在那邊。

啊，她說了「請坐」吧？

「隔壁班級的男女班長在巴士上似乎坐在一起，這樣很普、普通唷。」

啊啊，所以她才說這是規定。不過……

「那兩個人是男女朋友，當然會坐在一起——」

高宇治同學快速拉起窗簾，躲在窗簾後方。

「高宇治同學？」

「……我沒想到是那種情況。」

那種情況？

「小沙由於誤會，盛大地自爆了，在難為情嗎？」

「不是這樣。」

「從窗簾後面出來以後再說話啦。」

小春拿著餅乾棒喀哩喀哩地吃著。

名取同學手中拿著盒子，看來是她給小春的。

「燈同學也要吃嗎？」

「謝謝。」

當我想伸手拿零食時，名取同學把餅乾棒遞到我嘴邊。

「請用。」

「名取同學，這樣是……」

「啊——你不可能不明白吧——」

名取同學開心地拿著餅乾棒畫圈，肩膀搖晃著。高宇治同學從窗簾縫隙間牢牢盯著我。

好可怕……

「小陽，妳再不自重一點，我也要生氣嘍？」

「那給小春吃，啊——」

「啊——好吃！」

「太好了。」

被馴服了！

高宇治同學終於離開窗簾後方。

「名取同學，不可以吃零食。零食不在可攜帶物品的清單上。」

「說明也沒有提到不可以帶零食喔？」

「校外教學是學校的活動。考量到這是課程的一環，當然不可以帶多餘的東西——」

「沙彩也來，啊——」

「……」

高宇治同學有如野貓一般，戒備地盯著遞給自己的餅乾棒，接著大口咬下。

她伸手接過剩下的餅乾，不斷動嘴咀嚼著。

雖然她的視線看向窗外，不過倒映在玻璃上的倒影看似有點開心，一臉愉悅。

這種零食是糯米丸子嗎？（註：指桃太郎故事中，桃太郎藉由給予狗、猴子和雉雞糯米丸子以馴服那些動物的意思。）

「好吃嗎？」

「好吃。是零食的味道。」

當然吧。

「沙彩平時也會吃零食嗎——？」

「我會吃一點。」

雖然她一臉平靜的表情像是在說只會品嘗一點點，不過喜歡垃圾食物的高宇治同學怎麼可能不吃油炸的零食呢？

話說回來，名取同學直接稱呼高宇治同學的名字。極其自然地這麼稱呼。

名取同學和小春同樣擁有【超凡的社交性】。

或許她擅長讓其他人卸下心防。

……沙彩嗎？

我能夠直接稱呼她名字的日子，何時才會到來呢？

我們把行李留在巴士上，進入目的地之一的歷史美術館。

館內介紹這個地區的歷史人物和近代的偉人，並展示著老舊的史料，老實說，看在沒有興趣的人眼中，是個無趣至極的場所。

「小沙好認真在看說明介紹。」

「……」

由於【高專注力】的緣故，高宇治同學絲毫沒有理會對她開玩笑的小春。

相對的，小春看了展示品一眼後，會立刻去看下一個展示，不斷重複這個過程，她會告訴一個個仔細觀賞的我、高宇治同學和名取同學接下來有什麼展示品。

「那裡有展示盔甲喔！」

「妳這樣會妨礙前一組行動的別班同學，請安分一點。」

「因為這裡宇宙級的無聊呀。」

「別說啊。就算大家都這麼想，也都沒說出口。」

「雖然兩者都不太好，不過用『大家』囊括的燈同學更不對吧？」

名取同學微微偏過頭。

高宇治同學興味盎然地逛著展覽，我沒什麼興趣，就作為班長盡力管理班上同學。

「阿燈是老師嗎？」

「並不是。」

唯有青梅竹馬在吵鬧，其他人都會遵守我的叮嚀。

話雖如此，我只不過重複一遍級任老師的叮嚀，大家卻出乎意料地遵守。

【強心臟】讓我比起以前更有膽量，不會抗拒對同班同學開口。

或許也因為擁有【領頭羊】的狀態，大家都會老實地聽進我的話。

我們在美術館停留約兩個小時，接著到達住宿的飯店。

雖然我逕自想像成商務旅館，不過以十個等級排序飯店級別的話，我會給個七吧？

飯店大廳明亮又寬敞，還鋪上了地毯。

飯店的櫃檯人員也散發沉著的氣質，看似擁有專業風範。

「這裡又大又漂亮呢。」

環顧四周的高宇治同學喃喃道。

「聽說飯店還有供人舉辦婚禮的會場呢！」

名取同學聞言，看著手機補充說明。

「當然大到能提供場地啊。海姊不也說過飯店還附設游泳池嗎？這間飯店真的很棒。」

雖然小春以得意的口吻說她一清二楚，不過她靜不下來，目光四處游移。

如同在巴士內說明的，晚餐時間前，約有一個小時的自由活動時間。似乎有許多學生想去游泳池，車內四處可聽見有人在談論這件事。

「小春也要去游泳嗎？」

「當然嘍。我還特地買了泳衣呢。」

「咦——是喔。如果我也買泳裝就好了。」

「難道小陽帶的是學校泳裝嗎？」

高宇治同學聞言身體抖了一下，名取同學則點了點頭。

「嗯。唉，算了。我的胸部很小，不會有人想看啦。」

「學校泳裝也有學校泳裝的好，社群平台上是這麼說的。」

是這樣嗎——名取同學看來心情轉好。不知為何，高宇治同學同時也吁了口氣，拍了拍胸口。

是說，小春收集的資訊有偏差吧？

「高宇治同學要去游泳池嗎？」

「……該怎麼辦呢？」

雖然我帶了泳褲，假如高宇治同學不去游泳池的話，我就算不去也無所謂，大概是這種熱度吧。

「燈同學，我們走吧？那可是飯店的游泳池耶？和學校游泳池肯定不同唷！」

名取同學拚命說服我，小春則嘻嘻笑了。

「畢竟阿燈是色胚，看見泳裝或許會流鼻血呢。」

「才不會流鼻血。又不是漫畫情節。」

我對游泳池並非毫無興趣。畢竟機會難得，我也想去看看。同寢室的男生似乎也會過去，如果我不過去，就得孤伶伶地待在房間了。

「小沙，我們走吧——」

「……既然妳都這麼有誠意地邀請我了，拒絕就太不解風情了。」

高宇治同學以無奈的態度舉白旗投降。

「如果我也買新泳裝就好了。」

沮喪的名取同學視線落在自己胸前。

「名取同學，沒關係的喔。也沒有要舉辦泳裝大賽，還會有其他人穿學校泳裝的。」

雖然我安慰了她，不過連我也帶來了自用的平凡泳褲。

「如果是少數派，學校泳裝或許也是不錯的引人注目的方式。」

「難不成你是小春提到的社群上的那種人？」

「並不是。」

我不想被認為擁有偏見，便堅定地否定。

「君島同學喜歡學校泳裝嗎？」

我原本以為高宇治同學只是隨口問問，不過她的眼神出乎意料地認真。

「不是妳想的那樣。」

我先否認一下。

我們學校的游泳課男女分開。去年，我沒有勇氣加入其他蜂擁而至的男生，觀賞高宇治同學穿泳裝的模樣。

高宇治同學的泳裝……如果親眼看見，或許真的會流鼻血吧？

「我才沒有在社群上說過那種話。說到我的看法，作為男生整體的意見，有比基尼也有學校泳裝的多樣性才是重要的。」

……就算我想要圓場，到底在說什麼鬼話啊？

「那就穿學校泳裝也可以呢。」

「穿學校指定的泳裝也沒關係呢。」

名取同學和高宇治同學的聲音重疊了。

我們按照入住的順序向前進，被帶到四人一間的房間後，隨即準備前往游泳池。

參加校外教學，來到平時沒機會入住、略為高級的飯店，還附設游泳池，應該能看見女

生穿泳裝……男生不可能不興奮。

我和同房的男生們一起離開房間，按照指引行走在飯店走廊上。在游泳池旁的專用更衣室換上泳裝。

還沒進去就聽見嘻鬧聲，一打開門，便看見比學校游泳池更寬敞、乾淨的游泳池。這裡也有小型的水上溜滑梯，只見我們學校的男學生從上面滑下來，笑聲響徹四周。在游泳池旁，有好幾張供人休憩的白色沙灘椅，也有人躺在那裡。

當我在思考要做什麼時，有人用力拍了我的背。

「好痛！」

「燈同學不進去嗎？」

原來是換上泳裝的名取同學。

經過鍛鍊的身體，四肢隱約有日照痕跡，不過衣服遮住的部位都很白皙。如她本人所說，胸部偏小。合身的泳裝，反而讓她身體線條一清二楚。

「燈、燈同學看得太仔細了啦！」

我的肩膀被她用力推了一下。

「啊，對不起！不過我沒有看得那麼專注啦！」

「那、那種說法表示你看得很專注啦！」

名取同學隨即扭動身體藏住身體。

「不過果然只有我……穿著學校泳裝……好難為情……似乎也只有我曬黑，嗚嗚……」

確實如她所說，雖然男生都穿著類似的泳褲，不過女生都穿著鮮豔的一件式或比基尼款式，令人眼花撩亂。

我得安慰安慰她。

「其實很適合妳喔。」

「是、是嗎……？」

雖然名取同學浮現像是害臊又困惑的表情，但隨即察覺了某件事。

「反正我的胸部很小！所以才適合我！」

「只要適合的話，就算平胸也沒關係吧？」

「你也講得太深入了吧！太不會說話了！」

咚，她一腳把我踢到游泳池內。

「噗哇！也不用突然踢人吧——」

當我的臉探出水面時，其他女生叫了名取同學，接著她便噠噠噠地跑離游泳池邊。她去了某個地方，返回以後，已經穿了一件T恤。

原來如此……還有這種做法。

「阿燈，你在做什麼？」

待在游泳池邊的小春蹲在地上，抱住膝蓋。

「我似乎有點說錯話了。」

雖然她不懂我在說什麼，也沒有放在心上，隨即站起身，做了收小腹的伸展動作。

「我的泳裝好看嗎？」

黑色泳裝和她白皙的肌膚與金髮相當映襯。

（大概是）露肩型的泳裝，中間綁了個蝴蝶結，設計也帶著可愛風格。從胸口往上毫無任何布料，從頸部到鎖骨的部位能讓人看得一清二楚。

掛在脖子上的那條銀色項鍊閃閃發亮。

由於小春【純情】，我原本以為她會穿更普通的泳裝，卻出乎意料地大膽。

她雄偉的胸部幾乎快彈出來了，股間的深V角度也突然令人在意起來。

「有夠清涼……不，嗯，有夠火辣。」

目不轉睛的我說道，接著小春白皙的肌膚頓時染得一片通紅。

「騙人！因、因為店員說穿上這件泳裝能讓人情緒高漲耶！她騙我嗎？」

啊——【純情】發揮在這方面了嗎？

由於我不在場，不太清楚緣由，不過小春似乎把店員的話術當真了。

這套泳裝實在太適合她了。

不過，若想問男生的感想，最坦率的想法就是火辣吧？

「如果把泳裝用力往下拉的話，妳……胸部會整個露出來喔？」

「不對，因為用力把泳裝往下拉才會露出來呀？」

她隨即對我潑了水。

「也對啦。」

「阿燈真的把我當成女人看待耶，有夠扯。」

她又對我潑水了。

「喂。不要掩飾害羞。」

「人家才沒有害羞！」

有夠大聲。

「……高宇治同學呢？」

小春環顧四周。

「而且我才沒那麼火辣啦！其他女生也穿得挺大膽的……是說阿燈也太在意我了吧……你喜歡的人明明是小沙！」

她又用力對我潑水。

「不對，聽我說啦。」

「咦，什麼？」

「高宇治同學還在換衣服嗎？」

「真的耶，小沙剛剛已經換好泳裝了，還沒來嗎？」

偏頭的小春在游泳池邊小跑步。

胸部上下左右晃動得真驚人……只有那部位無重力嗎？

立刻前往更衣室的小春聲音傳了過來。

「妳為什麼要戴上那種東西啦！」

「我認為這麼做才符合儀容。」

「這裡又不是市民游泳池——」

她們似乎在爭吵。

從更衣室內，走出一個戴著泳帽和蛙鏡的人。

誰啊！

哪來的游泳選手？

小春從游泳選手的後面抓住她肩膀。

「把這個拿下來啦。這樣好怪。」

「我保持這樣就好。」

……咦，她是高宇治同學嗎？

「小沙在換上泳裝之前都很正常，大概是覺得被人看見很難為情，才會做出把臉遮住的暴行。」

游泳選手的耳朵紅了。

「不、不是的。」

大概被人說中了。

她身上的泳裝是學校泳裝。很有正經八百的高宇治同學的作風。

她有著粉嫩的上臂和大腿。從胸部到腰部有著柔滑的曲線。她調整肩帶，彈而有力的胸部便被壓緊了一下。

雖然不像小春那麼雄偉，也相當有料……

由於她穿著學校泳裝，沒有帶來衝擊性，不過身材姣好、無一絲贅肉，在泳裝女子的意義上，完美程度壓倒性的高。

「泳……游泳池就是供人游泳的吧？」

我聽見那番話淨是藉口，終於回過神。

「高宇治同學，這裡是玩耍的游泳池，也沒有來水中散步的老爺爺和老奶奶喔？」

我說服她時，小春趁隙俐落地拿下泳帽和泳鏡。

「啊！」

高宇治同學的黑髮流洩至胸口，整張臉終於露了出來。

「嗨，妳好呀～」

小春嘻笑地說道，我也跟著她說「哈囉——」，隨口打招呼。

我們視線一對上，高宇治同學的臉便慢慢染紅了。

「你、你們豪。」

啊，咬到舌頭了。

她的羞恥感似乎倍增了，高宇治同學渾身顫抖，抱住膝蓋縮成一團。

小春和我安撫採取防禦姿勢的高宇治同學。

「小沙，泳裝很可愛喔。」

「對。很適合妳。」

「……我、我去買飲料。」

背對我站起身的高宇治同學走向自動販賣機，她手指拉出被臀部夾住的泳裝。

「真是讓人費心照顧呢～」

小春也跟在她身後。

她似乎打算安撫人。小春和我不一樣，對這種事情得心應手。

我坐在長椅上，望著喧鬧不休的同學們。

話說回來，小春和高宇治同學好慢喔？已經快十分鐘了吧？

該不會我的目光太豬哥，她們因此回去了吧……？我無法否認就是。

假如是這樣，小春也不會強烈否認才對……

由於沒有商店，想買飲料，得去自動販賣機。

我想起游泳池邊有個自動販賣機，便過去查看兩人的情況。

自動販賣機旁，高宇治同學和小春被四個男人團團圍住。

那些人皮膚黝黑、一頭金髮或身上有刺青，看來並非素行良好的一夥人。

「妳們來玩嗎？」

「難道是高中生嗎？」

「校外教學嗎？讀哪間學校？」

那些男人親暱又友善地向她們攀談。

小春和高宇治同學都一副冷淡的表情，看來毫無聊天的意願。

從這個情況來看，他們不可能認識。

那群男人顯而易見頻頻瞄向兩人的身體。

兩人都身手遮住身體，有如在忍受那些目光。

「我們要去買飲料。讓開。」

「好啦、好啦。我們請客。」

「你們超煩人的。」

高宇治同學和小春都滿臉嫌惡，不過男人們有如在享受小貓反抗的態度般，沒有當一回事，仍一臉訕笑。

「那可不是高中生的身材。」

「其實妳們在等人搭訕吧？」

「好啦，就算一開始不情願，會愈來愈好玩的啦～」

「我們走吧——」

金髮男握住高宇治同學的手臂。

「等等——別這樣……」

我猛然回神。

怎麼可以站在一旁呆看著。

和芙海姊的交談在腦海中浮現而出。

「一對一的話要出奇制勝，用力往鼻子揍下去。這樣就能讓對手減少九成的戰意。」

話雖這麼說，就算把小春和高宇治同學算進去，實際上也是一對四。

如果我曾請教她面對多個對手時的處理方式就好了！

有沒有能用的東西——

我轉頭環顧四周，看見日下部同學和他朋友拿玩耍用的玩具網球拍和橡膠球，有如在打羽毛球一樣玩耍。

「下次輸球的人，就要做即興表演喔？哇哈哈！」

他的玩耍真惹人厭。

「日下部同學，那個借我一下。」

「咦？啊，等等！」

我搶走他的玩具球拍和球，瞄準那群人中的其中一人。

那種球的用途廣泛吧——？

可別斤斤計較地說要用實實在在的球具才行啊——！

「【明日之星】！」

我拋球後，施展全力把球打出去。

球發出以那種材質不可能的低沉聲響，朝著我瞄準的金髮男人飛過去。

能力也好好發動了，被雷電纏住的球命中目標了。

「嗚嘎！」

臉被命中的男人倒在游泳池邊。

「喂、喂——沒事吧？」

「你對阿達做了什麼，混帳！」

我打倒的金髮男似乎叫做阿達。

「閃邊去！那些女生接下來要和我一起玩！」

我氣勢洶洶地開口後，男人其他同伴都瞪向我。

多虧我擁有【強心臟】，絲毫不懼怕。

不過假如演變成直接動武的情況，我會壓倒性的不利。

就算我查看每個人的狀態欄，也沒有看見類似弱點的項目。

【明哲保身】似乎是共通的項目……

「小燈，怎麼了？」

有個體格壯碩的男生問我。

小燈？在說我嗎？

他是同班同學，記得是美式足球社的戶村同學。

「有點麻煩……」

我不曉得應該怎麼說明才好，忽然靈光一閃。

那些人【明哲保身】沒錯吧……？

人數就是力量。

「戶村同學。美式足球社的其他人在嗎？」

「在喔。要把人找來嗎？」

「嗯。」

喂——戶村同學喊人後，有六個人聽見，立刻趕往這裡。

我重新向壯碩的七名美式足球社的同學說明殺氣騰騰地瞪視我的男人和我之間的情況。

「他們想對瀨、瀨川和高宇治出手？她們可是我們學校的兩大美女。」

「不可饒恕、不可饒恕……」

「瀨川可是對我們都很友善的辣妹。」

「高宇治是所有男生的清涼劑……竟然想強行帶走她……」

我煽動怒火中燒的美式足球社成員。

「怎麼能夠讓那些人把人帶走呢？」

「「「對！」」」

拜【領頭羊】所賜，他們已經完全把對方當作惡棍了。

我倏地看向男人們，那些人已經不見蹤影了。

「當美式足球社聚集過來時，他們就嚇到往那邊走了。」

小春指著男人們逃跑的方向。

「高宇治同學、小春，妳們沒事吧？」

我趕到兩人身邊一問，小春雖然露出比耶的手勢，手卻在發抖。

「沒事、沒事喔。」

哪裡沒事了？

「假如知道會發生這種事，我應該陪妳們過來的。」

「常有的事喔。」

高宇治同學一臉冷淡地表示。

看來她沒事。

「話雖如此……我的表情都僵住了，恢復不了。」

啊，看來並非沒事。

「雖然有點可怕，不過得救了。謝謝阿燈。」

「不會。」

「你擊球打倒一個人時，我還在想發生什麼事了，很帥氣喔。」

「是、是嗎……？」

如果她能綻放笑容就好了，不過或許因為表情僵了，還是說和那個無關，就只是面無表情，無法察覺她的內心話。

我終於覺得【明日之星】派上用場了。

「小燈，幹得好。」

戶村同學大力拍著我的背。雖然他放輕了力道，還是挺痛的。

「幸好事情很順利。」

我一苦笑，美式足球社的幾個人互望，在確認些什麼。

「要抬了。」

「抬什麼？」

我一開口詢問，背和腳就被人支撐，幾個人把我抬了起來。

就像在抬神轎的狀態。

「做、做什麼！」

「大家把守護了瀨川和高宇治的小燈拋起來！」

「「「喔！」」」

「不用了、不用了！用不著把我拋起來也無所謂！」

肌肉男們絲毫沒有把我的話聽進去，輕而易舉把我丟到半空中。

「嗚、嗚哇啊啊！」

我嘗到片刻的懸空感後，被大家接住了。

「小燈——小燈——」

被他們任意處置的我，隨著名字被拋到半空中。

「別叫我小燈！那樣太丟臉了！」

我也曉得大家都在看注視這裡。

小春在一旁咯咯笑著。

原本表情死去的高宇治同學也終於放鬆臉頰。

看見她們這樣，我也放下心了。

「夠了、夠了啦。」

那在之後一再被拋到半空中的我，不是往正上方，而是被往一旁丟下了。

「喝呸噗哇！」

我不是被拋到半空中，而是被丟到游泳池內了。

「就沒有其他放人下來的方法嗎！」

觀看的人們嘩一聲笑了出來。在美式足球社成員們哇哈哈哈的豪爽笑聲迴響之中，高宇

治同學也感到有趣似地遮掩嘴角笑了。

我怎麼會遇到這種事……

我奮力爬出游泳池後，高宇治同學臉上帶著微笑說道。

「吐槽的時機、表情和音量都很完美。」

「女高中生才不會說出那種技巧性的評論。」

高宇治同學喜歡這種事。唉，我也喜歡啦。

「高宇治同學受到直道先生的薰陶，我現在非常清楚了。」

「哥哥前陣子也曾這麼對我說過……啊，難道上個週末，你和哥哥講過電話了？」

「啊，沒錯。真虧妳知道。」

「因為他曾說過同樣的話，我靈光一閃。」

「同樣的話？」

「他稱讚了君島同學喔。」

直道先生？為什麼？我做了什麼事讓他稱讚了？

自由活動時間即將結束，我跟留下這番話的高宇治同學、小春和其他學生一行人慢慢返回更衣室。

此時，狀態欄更新了。

・君島燈
・成長：急遽成長
・特徵、專長
強心臟
廣播宅
撲克臉
擅長稱讚
明日之星
劇本家
領頭羊
一針見血的吐槽

我學會了新的【一針見血的吐槽】。

剛才被丟到游泳池時的叫喊，似乎是學會的理由。

自由活動時間結束以後，我換回制服去吃晚餐。用完晚餐時，我被老師找過去。

看來和阿達那夥人起爭執的事件，似乎有人向老師報告了。

我不曉得老師聽見了什麼說法，不過和一般的入住客發生爭執，似乎出了問題。

「不對，因為對方蠻橫地搭訕高宇治同學她們，所以我才——」

就算這麼解釋也完全行不通。

雖然聽見我們談話的同班同學幫我說話，不過已經決定要處罰我了。

唉，就算對方蠻橫，畢竟是我先出手的。芙海姊的教導，先下手為強。完全就是奇襲。

我乖乖聽話，待在老師指示的另一間房間，拿到兩張稿紙，在悔過書寫完之前都會被軟禁在這裡。

「現在可不是寫這種文章的時候……」

我的筆尖敲著稿紙。

點子郵件。

明天深夜是節目播放日，截止時間是播放日當天的下午六點。明天的節目，就是直道先生交代的第三次期限。

我想到了好幾個點子，記錄在手機的筆記本中。

不過，我總覺得不太對。當我在思考哪裡不對勁時，轉眼間就到今天了。

「比寫悔過書還糟透好幾倍啊……」

我沮喪地嘆了口氣。

◆高宇治沙彩

洗完澡後，沙彩獨自返回房間。

她現在穿著運動外套，為避免頭髮弄濕肩膀和背部而披上毛巾，一邊用手搧風吹火熱的臉，一邊喝著冰在冰箱的寶特瓶水。

直到洗澡為止，她都和小春待在一塊兒。

「我們來坦誠相見吧，小沙。」

雖然小春嘴上如此說道，纏著沙彩不放，不過當她一看見其他感情融洽的女生，便親暱地上前搭話，身上也沒有纏著浴巾，大大方方地展現自豪的身材，走進浴池了。

「花心鬼……」

假如一直獨處就不會放在心上，不過原本兩人一起變成只剩自己時，不免令人感到有些寂寞。

在那之後落單的沙彩，也沒有進入設備齊全的露天浴池或三溫暖，她一邊眺望著鬧哄哄的女生們，一邊清洗完身體後，在室內浴池泡了一會兒，便快速離開大澡堂了。

同房的女生是小春和其他兩個女生，不過她們暫時沒有回來的跡象。

獨自待在寂靜的房間內有些可悲，便打開了其實沒那麼想看的電視。

翻開簡介，查看明天的行程。

明天是各班級的自由活動。

分組當時，原本是阿燈、小春和沙彩三個人一組。只要不落單，一組裡面幾個成員都無所謂，規定很寬鬆。

過了一陣子，由女子網球社已經組好的五人小組中，陽色轉到他們的小組，最後成為四人小組。

她再次查看簡介上的小組成員。

在班長的欄位，列出君島燈的名字。

「燈……」

她試著低聲叫出名字。

她擔心是否會被任何人聽見，倏地轉頭環顧四周，接著鬆了口氣，拍了拍胸口。

陽色輕鬆地叫出對方名字。

她曾經問過是否可以這樣稱呼嗎？

阿燈的話，聽見這種問題，似乎也不會回絕。

就算不曾問過，陽色和許多人都和睦相處。

畢竟她性格親切，能輕易和人拉近距離，讓人卸下心防。而且她還看準時機，果斷地改變稱呼叫出「燈同學」。

在行程表中，班上的男生現在正在洗澡。話說回來，她想起了還有另一種稱呼方式。

「……小燈。」

她試著喃喃出聲，不過很難為情。原本開始下降的體溫，又急速上升了。

說到小燈，現在人正被軟禁在另一個房間。

因為他在游泳池和其他客人發生爭執了。

雖然百分之百是對方有錯在先，但就算沙彩、小春和其他學生都提出各種證言，由於採取攻擊手段的阿燈是先出手的人，因此難得的校外教學中，他卻得被迫寫悔過書。

「差不多快寫完了吧？」

她看著時鐘又喃喃自語。

電視的談話性節目中，曼達洛的兩名成員作為特別來賓登場了。

『哎呀，前陣子，我和搭檔滿田偶然在餐廳遇見了。這種時候，一般而言不是都會隨口打招呼嗎？然而這傢伙分明和我對上目光，卻完全不理我——』

「是以前在廣播中談過的段子的簡短版本呢。」

知道內容的沙彩沉浸在些許的優越感中，喝了口冰水。

接著，有人敲了門，發出叩叩聲響。

沙彩嚇了一跳，不禁挺直背桿。

門後方的人可能是誰的想像掠過腦海。

她把披在肩上的毛巾夾住依然濕漉漉的頭髮，慌張地吸乾水份。

在浴室裡照鏡子，快速地查看瀏海。

好。

咳，清了清喉嚨後，打開了門鎖。

「哇哈——好熱喔——要快點開門嘛——」

臉頰紅通通的小春，快步踩著拖鞋進房。

「……」

「怎麼了？」

「……沒什麼。」

把毛巾纏在頭上的小春，看來熱到了，脫下上衣的運動外套，上半身只穿了件小可愛。

雖然沙彩在大浴場已經仔細看過了，但小春的胸部相當雄偉。現在，也可看見有三成胸部從小可愛中露了出來。

「那樣當然會被搭訕呀。」

沙彩錯愕地說道，小春身體抖了一下。

「咦——不是我的錯吧？是他們不對吧？一臉色胚樣，有夠討厭的。」

小春想起當時的情況，有如心情欠佳的狗兒般露出犬齒。

「不過如果真要怪到我頭上的話，小沙也無法推卸責任吧？」

沙彩啞口無言。

雖然沙彩的成績遙遙領先小春，但有時這名辣妹會像這樣，說出令人無法反駁的中肯言論。

無法反駁令人不甘心，沙彩把寶特瓶密貼在小春有機可趁的腳上。

「呀——人家發出怪聲了啦！別這樣啦，真是的！」

雖然小春這樣回嘴，卻面帶笑容，看來並不排斥這種互動。

小春橫躺在自己的床上滑手機，不曉得在看什麼。由於沒有在聊天了，沙彩也拿起手機，看見哥哥傳了訊息。

『君島寄出郵件了嗎？』

哥哥似乎也挺在意的。

沙彩也不曉得任何進度。他已經想出點子了嗎？

下次郵件的截止日期，是節目當天的傍晚。

由於沒有想回的話，便已讀不回訊息。

又有人叩叩地敲了門，小春打開房門，是陽色過來了。

「我來玩了喔？」

「歡迎小陽。」

陽色拿著裝了零食和果汁的袋子，把東西放在空著的床上。

「過來這裡集合！」

「遵命——」

被零食吸引的小春，率先盤腿坐在那張床上。

正好有點肚子餓的沙彩也毫無異議，到那裡集合。

確認明天的行程，在哪間餐廳用午餐，餐後吃什麼甜點等等，大家聊得很開心。

沙彩【喜歡垃圾食物】，也喜歡甜食，用手機調查了目的地附近的店鋪。

「君島同學不在，由我們決定沒關係嗎？」

「無所謂吧？阿燈也沒什麼堅持呀。」

「要把人叫來嗎？」

陽色眼神發亮，就像浮現好點子似地，在操作手機。

「等、等等、等一下名取同學！這裡是女生的房間，找君島同學來不太好——」

「沒事沒事。只要不被發現就沒關係。」

「有關係。他現在也在寫悔過書……」

沙彩不想讓阿燈給人的印象繼續變差了。

「也對……我原本還在想，燈同學也在的話會比較開心呢。」

陽色遺憾地說道。

看在沙彩眼中，陽色的直率之處令人十分羨慕，她是會把想到的事情立即脫口而出、付諸行動的女生。

大家吃著零食，一邊聊著明天的行程、學校的事情、身邊情侶的二三事，話題一個接著一個。

在談天說地之中，聊到誰好像喜歡誰的戀愛話題告一個段落時。

「沙彩有喜歡的人嗎？」

陽色泰然自若地拋出話題後，沙彩一驚，剎那間縮起肩膀，接著立刻平復心情。

阿燈率先浮現在腦海中，但那種喜歡是作為朋友的情感……在腦海中找了藉口。

「現……現在沒有格外在意的人。」

「是嗎？小春呢？」

「我、我嗎？我啊，該怎麼說呢，現在沒有遇見合適的男生，也沒有想談戀愛啦！」

小春著急似地快速解釋，看來十分可疑。

「小陽又怎麼樣呢？」

「我嗎？我有喜歡的人。」

她大大方方地宣言了。

「「…………」」

相較於大方承認的陽色，沙彩和小春既沒有起鬨、也沒有冷言冷語或進一步追問，而是陷入沉默。

因為她們都有頭緒。

「是、是喔……順道一問，那是什麼樣的人？」

沒有具體詢問是誰，可見小春擅長演戲的一面。

如果問清楚的話，陽色就會乾脆地說出來吧？

「我想想唷。那個人很努力。總是很拚命。我就喜歡那種地方……哎呀，還挺難為情的耶，雖然是我自己要講的。」

陽色嘿嘿地害臊笑著，像是想遮掩害羞般地喝著寶特瓶果汁。

這樣的她，令人單純地覺得可愛。

有不少男生仰慕她吧？

沙彩有股被針戳進柔軟部位的感受。

「啊。對了，雖然沒有到喜歡的地步，我也有在意的人。只是在意而已喔。終究只是在意。我沒有喜歡他。」

小春特地否定的部分，令人感到十分可疑。

「是嗎？那是什麼樣的人？」

「那個人有其他喜歡的女生，所以我會聽他商量煩惱，就只是這樣而已。他基本上是個好人喔。」

小春傷腦筋地露出笑容，直接觸動了兩人。

「好悲傷呢……」

「小春好辛苦……」

情緒變得奇妙的兩人輕輕摟住小春。

「不是那麼回事！我只是在意對方罷了！」

否認到底的小春推開兩人。

「如果是我，喜歡的話也不會顧慮，或許會進攻。」

把立場替換成自己的陽色嘟囔。

「不會顧慮嗎……」

小春剎那間如火熄滅般面無表情，緊接著開朗笑了。

「畢竟小陽是不顧一切像野豬往前衝的類型呀。」

「噗——噗——」

「妳是豬嗎？」

兩人咯咯笑了。

在那之後，小春帶著有些困擾的微笑，瞥了沙彩一眼後開始說明。

「一開始我聽他商量時，由於沒有那種跡象，我原本以為不可能，不過現在卻演變成可能有機會——嗯……」

「瀨川同學！」

「小春！」

兩人又緊緊摟住小春。

「好了、好了啦！這是在演哪齣戲啦。」

小春發癢地晃動肩膀。

「看似最有經驗的小春卻這麼純情，好喜歡妳。」

「好啦，我也喜歡妳啦——」

小春嫌麻煩地安撫陽色。

「小沙至少有在意的人吧？」

小春拋出飽含肯定的話。

「！」

「快說、快說～」

陽色跟著起鬨。

「我沒有喜歡的人……只不過，我想想……作為朋友繼續維持良好關係的話……」

說不定會發展成戀愛。

就算有這般想法，要說出口也太難為情了。

「那是在說我吧！小沙喜歡我嗎？」

「瀨川同學和大家都很友好吧？那樣……我——」

「沙彩寂寞嗎？因為小春和其他人感情好！」

由於命中紅心，頓時無法反駁。

「咦——好可愛喔！妳吃醋了！」

小春有如看見突然親近人的貓咪，雙眼發亮。

「不、不是這樣。」

「「就是這樣～」」

沙彩用慈愛的眼神看著就算自己一口否認也完全不相信的兩人。

7 深夜的兩人

我們搭電車前往觀光地之一的港都。
除了我們小組，同樣目的地的學生也都三三兩兩搭上電車。
「聽說那裡焗烤咖哩很有名。」
我們四個人坐在面對面的座位，翹腳的小春邊看手機邊說明。
「午餐的餐廳已經決定好了——就是這間店。」
坐在隔壁的名取同學讓我看手機螢幕上顯示的餐廳資訊。
「是喔。」
手機軟體上有評論、餐廳照片和菜單等資訊。
「只由我們決定，這樣沒關係嗎……？」
坐在斜對面的高宇治同學不安地問我。
「沒關係的，我無所謂。畢竟我沒有特別想去光顧的餐廳。」
「看，對吧？」

小春以一副她早就知道的感覺説道，換邊翹腳。
雖然路線會重新擬定，不過看來昨晚已經決定要去哪間店了。
如果她們找我討論也不錯，但昨天沒有心思做這種事。
我寫完悔過書以後，幸好沒有人過來房間，當時便思索起點子郵件，發出沉吟。
「燈同學、燈同學，看見海了喔！」
名取同學湊近坐在窗戶旁的我，指著窗外向我示意。明明在同樣飯店的澡堂用了同樣的的洗髮精和潤絲精，她卻和我不同，全身散發好好聞的味道，這是為什麼啊？
「君島同學在傷腦筋了。」
高宇治同學拉開名取同學，要她坐好。
「啊，對不起喔。我不小心興奮起來了。」
名取同學嘿嘿笑著。
「離開那間餐廳以後，在附近逛一逛，接著搭電車返回鎮上——」
可靠的小春確認今天的路線般呢喃。
我們在終點站下車後，三個女生在充斥懷舊氣氛的月台和車站不斷拍照。
「這裡好有格調。超嗨的！」
「氣氛真不錯呢！」

「……」

雖然高宇治同學不說話，不過看來她也十分滿意。

仔細調查過的小春，看著手機的地圖，帶領我們前往各處。

「都沒有浪費時間耶。」

「這種事情就叫做效率。」

我可不想從辣妹的口中聽見效率一詞。

在那之後，我們四處參觀建築物，在事前找好的餐廳內享用知名美食，接著按照行程返回市區。離自由活動時間結束為止，還有約兩小時的時間。

我們進入車站內的伴手禮商店，看著琳琅滿目的商品時，有人叫了我名字。

「君、君島同學，你覺得這個東西怎麼樣？」

高宇治同學有些僵硬的模樣，指了指玩偶。

那是模仿當地特產的本地吉祥物，我不曉得名字，不過有張可愛的表情。

「我覺得很不錯啊。」

因為她【怕寂寞】，或許喜歡玩偶。

「我會當作參考的。」

參考？表示我推薦的程度，讓人值得信任嗎？

接著，我們逛了好幾間店，繞了一圈，打算返回飯店持，我察覺有個人不在隊伍內。

「咦，高宇治同學呢？」

「不是去洗手間了嗎？」

「我剛剛才去洗手間，她不在那裡喔。」

我們三人試著在周圍尋找，但沒有找到她。小春試著打電話，不過搖了搖頭。

「沒有回應……小、小沙怎麼會不見啦！」

「她跑去哪裡了……？」

「如果只是迷路還好，不過像昨天被奇怪的男人叫住，強行把她拉走，強迫她做夜晚的工作——」

「阿燈的妄想好噁。」

「我看過這種漫畫喔！」

「不對，那只是漫畫的劇情。」

「說得也是。」

我立刻冷靜下來。

不過打電話也沒接，這樣讓人擔憂。

她挺常玩手機的，也許手邊的事情辦完後會回電話——

她沒注意到手機來電？假如沒注意到的話……

「小沙快回電——」

小春傳送訊息時，「我去其他地方找找看！」名取同學快步跑走了。

「我也去找找看。她或許會回來，小春就待在這裡！」

在小春開口前，我也加快腳步離開。

我們走散的時間大概十分鐘。她應該不會走遠。

在大型車站內，觀光客、上班族、當地的大學生和高中生熙來攘往。

那種美少女落單的話，肯定會跟昨天一樣遇到搭訕。

絕對會有奇怪的男人找她攀談。

我非常擔心。

如果真的演變成昨天那種情況，只能由我保護高宇治同學了。

學校那邊差不多下課了。她會接電話嗎？

我拿起手機，按下通話鍵。接著，螢幕立刻顯示開始通話了。

「啊。電話通了。喂喂芙海姊！辛苦了。」

『辛苦了～你怎麼打給我——？』

光是聽見她的聲音，那語調和嗓音就療癒了我。

「請問和多個人起衝突時，我該怎麼做才好呢？」

以防萬一，我想了解一些知識備用。

『你遇到麻煩了嗎？你要幹架嗎？』

她的聲音是不是非常雀躍？我腦海浮現她雙眼發亮的模樣。

「我不曉得是否會演變成衝突，當作以防萬一。」

我想想喔～芙海姊思考了一下。

『你手邊有鐵棒嗎？』

並沒有。

『一對多的話，我建議使用武器。這是基本的做法唷。』

「到底是什麼事情的基本啦？」

『攻擊距離長、堅固的東西就能當作武器，看是要帶把武器過去，還是找找看。』

「我不是在問物理層面的事情……能不能給我像是心理建設的指點？」

我講電話的期間，也用視線搜尋高宇治同學，但沒有看到人。

『心理建設嗎？有喔。比起視為一對多，我建議視為在場人數份的一對一。因此，請把

一對多當作一對一的應用。』

「原來如此。」

『先下手為強，首先用鐵棒狠狠毆打第一個人。』

結果還是變成這種建議了。

『對方看見你毆打對手的狠勁，也可能因而喪失鬥志，因此對付第一個人格外重要，下手要抓得剛剛好。當然要注意別把對方殺了。』

不要像打電動一樣輕易把殺人掛在嘴邊啦。

「啊，我已經懂了。感謝指點。」

我按下結束通話的按鍵。她一如往常講些狠話。

我一邊祈禱不要演變成這種狀況，一邊在車站建築物內來回奔走。就算被人用疑惑的目光看待，也不放在心上。

不過我沒看見高宇治同學的身影。

四人的群組內也沒有進展，高宇治同學沒有任何回應。

說真的，她人在哪裡？

我調整呼吸，暫且整理思緒。

最後看見她，是在伴手禮店。想到這裡，我還是認為她不可能跑遠。

希望高宇治同學平安無事。

身穿體操服的高宇治同學、在讀書會讓人隱約看見內衣的高宇治同學、身穿學校泳裝的高宇治同學……

我倏地湧上心頭的回憶，怎麼淨是些色色的地方？對自己失望透頂。

「讀書會……？」

高宇治同學不常露出破綻呢。豈止讓內褲走光，她一向都非常小心翼翼才對。

當時她在專心念書……對了，高宇治同學擁有【高專注力】。

只要專注在某件事情上，就會忽略周圍的情況。

在陌生的土地，強烈吸引高宇治同學目光的場所——

我查看地圖ＡＰＰ，突然靈機一動。

「說不定人在這裡……」

那個場所並不遠，高宇治同學可能在那裡。

我只在群組內留下「大概知道人在哪裡了」的訊息，奔跑而出。

約三分鐘後，我抵達的場所，是車站大樓三樓的開放空間，現在是傍晚時分，有些上班族和婦女們待在那裡休息。

後方有個廣播的包廂。似乎就在播放現在可聽見的節目，包廂內有個女主持人戴著耳機

在講話。

高宇治同學人在那裡，有如孩童般眼睛發亮地凝視著包廂。

「高宇治同學，找妳好久了。」

「君島同學。」

有如魔法解開一般，回神的高宇治同學終於理解狀況了。

「啊。我……」

她擔憂地皺起眉頭，查看手機，結果螢幕一片漆黑。

「手機好像沒電了。」

呼，我吁了口安心的氣息。

「難怪沒接電話。我很擔心喔。」

「對不起。我原本想馬上回去的……」

我朝著反省而目光低垂的高宇治同學的頭，輕輕用手刀一敲。

「好痛！」

「確實很讓人擔心。我還想像，或許妳像昨天那樣被奇怪的男人纏上了。」

咻咻咻……我彷彿看見……高宇治同學整個人逐漸縮小了。

「謝謝你過來找我。」

「不會。不過太好了，妳平安無事。不要擅自脫隊啦。」

高宇治同學緊握住衣服的胸口，眼珠往上移，大力點頭。

「好、好的……我不會離開您……」

為什麼講敬語？

我在群組內報告已經找到高宇治同學了。

「回去吧。她們倆在等我們。」

高宇治同學霎時感到遺憾地瞥了包廂一眼，踏出腳步。

「我在進入伴手禮店之前發現的。而且還是現場播放的樣子……等我一回神，人已經在這裡了……對不起。給你添麻煩了。」

用不著讓她繼續說下去。我也衝過頭，不由得出手懲罰了她。

「我自己說這種話也挺怪的，不過真虧你找得到我耶？」

「因為我知道附近有個廣播包廂。我認為妳肯定在這裡。」

「跟你推測的一樣。」

「畢竟說到高宇治同學，就聯想到廣播啊。」

「說到你也一樣吧？」

高宇治同學輕笑了出來。

「只有君島同學找得到我呢。」

「咦？」

我反問，高宇治同學便用力別過了臉。小春和名取同學站在另一頭朝我們揮手。

當我們走過去會合時，高宇治同學低聲詢問：

「點子郵件寫得順利嗎？」

「……不，老實說手感不好。」

「雖然我也可以幫你看……就算這樣，也不見得會被選上……」

沒錯。這就是最困難的地方。縱使是經常在節目中被讀信的「宇治茶」大師，連寄出的郵件被選上的機率也偏低。

業界中也讚不絕口的廣播節目。點子郵件的激戰區並非徒負虛名。

「畢竟那是種哏，重點在於讓聽者發笑。還有，也不需要寫出真實的事情喔。」

她給了我建議。

「雖然每個人的狀況不同，不過我手寫會比較容易有靈感。」

說起來確實如此，高宇治同學擁有當作點子筆記的記事本。

「我會當作參考，努力看看。」

「嗯。」

我沒有靈感，所以改成在手機上做筆記了。把做法調整回去吧。

「真是的——禁止妳擅自不見蹤影——」

「幸好馬上就找到人了——」

小春滿嘴抱怨，名取同學則開朗笑了。

「對不起，讓大家擔心了。」

「如果再犯的話，我就從衣服上捏住妳的乳頭。」

「捏住……瀨川同學知道位置嗎？」

高宇治同學感到納悶而偏過頭，而小春伸出食指，往她胸口戳了一下。

「呀！」

「是這裡吧？」

「唔……」

高宇治同學別過臉，長長的秀髮流瀉而下。

「我、我才不知道！」

「「看來命中了～」」

小春和名取同學奸笑。

她們在幹麼啊？

終於全員到齊，我們返回飯店。

離下一個行程還有一段時間，我在房間的桌上攤開筆記。

「如果古典的做法能讓人馬上有靈感的話，就不用這麼辛苦了——唔？」

我想從鉛筆盒裡拿出自動鉛筆時，看見芙海姊借給我的【賭徒的自動鉛筆】。

「這是……」

這枝自動鉛筆能夠讓人從選項之中容易選出答案。

難不成——

我把手機內筆記的哏寫出來，換成【賭徒的自動鉛筆】，卻毫無反應。

我一邊回想在上週的節目中令人印象深刻的哏，一邊書寫出來，接著自動鉛筆在其文章上彷彿產生磁力般，停住不動了。

念書時，有反應的選項，正確率是百分之五十。

說不定也適用於這種情況。

「假如自動鉛筆對於我想出來的哏產生反應，表示被讀信的機率就有百分之五十！」

點子郵件，是衡量有趣這種模糊的基準。

有人覺得無趣，有人覺得有趣，道理簡單至極。

因此，基準為何，該如何思考，都令人完全摸不著頭緒。

不過，我終於看見道路了。

剩下的，只要寫到自動鉛筆產生反應即可。

我寫了三、四種哏，【賭徒的自動鉛筆】都毫無反應。

日常生活常見的哏、下流哏、不曉得的人就不明白的特定種類的哏等，我嘗試寫出各式各樣的哏，卻毫無反應。

「說起來……」

我回想起剛才高宇治同學的建議。不需照著真實的事情書寫。

我擁有【劇本家】的狀態。

我擅長把事情誇大，說一些真假難辨的話。

為什麼至今為止我把【劇本家】忘得一乾二淨呢？

加上，我在這次的校外教學中獲得【一針見血的吐槽】。

只要有趣就是正義，不需要把事實原原本本寫下來當作哏。

我用【劇本家】想出哏，加上【一針見血的吐槽】——

只要這麼寫的話……

我放任靈感奔馳，振筆疾書。

我回頭檢查，也不覺得有趣或者哪裡特別……

「高宇治同學曾經說過，只單單拿出哏來看，有時也不好笑。」

點子筆記本被班上男生發現、嘲笑時，她曾如此說過。

在廣播節目中由主持人讀信。豈止讀信的方法，也有許多哏是在節目流程中聽起來有意思的。

我拿起【賭徒的自動鉛筆】測試，終於有反應了。

「來、來了……！」

不過，機率只有一半。沒有被讀信的可能性也有百分之五十。

我只能盡可能多寫幾個哏了。

當同房的男生回來時，我總算寫出三個有反應的哏。

「君島——差不多是晚餐時間嘍？我先過去了。」

「啊，好。」

我心不在焉地回話時，猛然驚覺。晚餐時間……啊。截止的時間快到了！

我看向時鐘，只剩五分鐘。

我把終於想出來的三個哏輸入郵件裡，一封封寄出去。

我前往晚餐會場的途中。

當我看見高宇治同學，想叫住她時，其他男生早一步叫住她了。

一臉疑惑的高宇治同學，以及表情正經的男生。

他們交談一會兒，高宇治同學點了點頭。一臉緊張的男生輕輕點頭後，便離開了。

……看那個樣子，肯定不會有錯。

是告白。

我帶著痛苦的情緒，目送逐漸走遠的高宇治同學。

我們學校的所有男生都曉得高宇治同學單身。

城所學長和我的比賽輸了以後，尚未經過一個月。

看在其他男生眼中，高宇治同學從那之後就沒有和人交往，是能夠如此斷言的狀態。

「怎、怎麼辦……」

她沒有答應吧……？

「你怎麼抱著頭？」

我聽見聲音，抬起視線，眼前的人是小春。

「好像有人要向高宇治同學告白。」

「啊～畢竟今天是校外教學的最後一晚嘛～這種時候不就適合告白嗎？」

「才不是這樣。」

「那麼阿燈也去告白不就好了？」

「就算我膽子變大了，也不見得成功率提昇了啊。」

擁有【強心臟】的狀態與高宇治同學的好感度是不同問題。

雖然我認為最近交情變好了，不過要告白還太早了。

就算有寧為玉碎，不為瓦全的心理準備，我也不想真的玉碎。

「就在我做直道先生給的課題的時候……！」

「直道先生？課題？那是什麼？」

這麼一說，我沒有說明過呢。

我把這陣子的事情告訴了小春。

高宇治同學的哥哥直道先生原本是搞笑藝人，在當廣播節目執行企畫。由於某種因素，他禁止高宇治同學和異性交朋友。

他也太戀妹情結了。

唉，畢竟年紀小自己很多的妹妹是那樣的美少女，當然會令人操心。

「然後，直道先生不認同高宇治同學和我的交友關係，表示在廣播節目中被唸出點子郵件，才會認同我。我剛剛才把郵件寄出去。今天沒被讀信的話，就大事不妙了……」

「你覺得小沙也希望他哥哥認同和你之間的關係嗎？」

「大概是。」

「那樣子已經是……結……」

「唔？」

沒什麼，小春搖搖頭。

「比起高宇治同學的想法，我更想得到認同。在尊敬的人嘮嘮叨叨下過著生活，這樣不會開心，我也不想高宇治同學遭遇那種事情。」

「就算沒有遵守約定或其他狀況，小沙也不會被其他人叨念就……」

途中，小春閉上嘴。

「唉，阿燈想這麼做的話，也很好呀？」

「喔。」

她罕見地撒手不管般的說法，讓我覺得不太對勁。一時之間有些為難的小春淡淡說道：

「我思考過了，我不當你的商量對象了。」

「咦？為什麼？」

突如其來的宣言，讓我只能不斷眨眼。

「你只是把我當作好使喚的女人吧？」

「我沒有那樣想。」
「該說我也有很多事情要顧嗎……就算不聽你商量，看來也沒關係了。」
不對，完全不是沒問題吧？
小春給人心情煥然一新的感覺，露出開朗的笑容。
無論我怎麼說服，看來她的決心都不會動搖。
「對了，小春沒有被其他男生找出去嗎？」
「散發出那種感覺的男生，我已經說『不可能』，回絕了。」
這傢伙能憑感覺知道嗎？
「啊。難不成～阿燈在擔心我被其他男生搶走嗎～？」
小春一邊奸笑，一邊用手肘推我。
「我沒有這麼想。」
「你要這麼想啦。」
我被踢了一腳。
「阿燈的點子郵件是今天晚上或許會被唸出來嗎？我大概會熬夜，就聽聽看吧。」
進入會場後，小春走向自己的座位。

晚餐時間結束的會場中，接二連三有男生走向高宇治同學身邊，交談一會兒便離開了。

如同小春所說，校外教學最後一晚似乎正好適合告白。

「高宇治無雙？」

「看來今晚是這樣。」

「估計會堆滿被狠狠砍過後遺棄的屍體……」

不只是我在注意，其他男生也一樣，用無雙形容大量告白、大量被拒絕的情況。

希望會是這種結果。

我豎耳聽見其他的男生說：「今晚十點，在飯店大廳喔。」得知了戰場的位置。

昨天在思考悔過書和哏的我，終於察覺一件重要的事情。

那個時段，正好入浴結束。

也就是說她大概剛洗完澡……

頭髮依然潮濕，穿著浴衣……

不對，嚴格來說並非浴衣。那是旅館服。是說學生都穿運動服。

一想到洗完澡，就不禁讓人想像了浴衣。

高宇治同學和小春、名取同學一同走出會場。

我也返回房間，在我坐立不安時，同房的男生找我去洗澡，再次返回房間後，已經接近那個時段了。

我推開門，離開房間。幸好其他男生沒有問我要去哪裡。

我搭電梯來到一樓大廳查看情況，高宇治同學人就在能看見氣派中庭的大型玻璃窗前。

她穿著體育課的運動服，如我所料，她剛洗完澡，頭髮有些濕漉漉的，臉頰也微微泛著紅潮。

有一排沙發和桌子供人休息，我在其中一張沙發坐下，望向時鐘。

一群男生走過我身旁。他們同樣一臉緊張，沉默不語。

難道就是他們嗎？

一、二、三……有十二個人！好多人！

有一打男生聚集於此，打算向高宇治同學告白！

注意到他們的高宇治同學也站了起來。

那些人或許在緊要關頭退縮了，一打男生開始忸怩起來。

「你、你先去啦。」

「我、我排第四個。」

「那我排最後一個。」

高宇治同學對於先鋒打者名額的互讓興趣缺缺，呈現面無表情的另一面——死氣沉沉的表情。

「如果我第一個告白，她答應的話，你們就玩完了喔。」

「我第一個上。」

「不對，我先。」

「不不不，這裡就由我——」

「那就我先上。」

「「「你先請。」」」

別做這種老套的互動。快點告白啦。

高宇治同學似乎感到極其無聊，嘆了口氣。

假如我在告白前，被她用那種眼神和那種態度對待，大概會當場死亡。或許會有人當成一種獎勵，但我沒有這種想法。

「聽我說。」

那一瞬間，男生們緊張起來。

「我對你們一點興趣都沒有。如果你們是心懷那種打算才來這裡的，對不起。我大概不會喜歡上你們。」

咕嗚。

我摀住胸口，膝蓋著地。

我把他們和自己重疊，逕自受到打擊。

當然眼前所有男生也都一個樣，一起被狠狠砍了。

其中一個男生叫喊。

「我、我連一個字都沒說啊。」

藉口也太過苦痛了。

「那你想說什麼？快點說。」

「那、那是，我也有我的時機……」

你已經被甩嘍。

你都沒有察覺自己被砍了嗎？高宇治同學的技巧也太高超了吧？

由於高宇治同學擁有【高專注力】，相對地對於毫無興趣的事物，關心並非零或負值，而是「虛無」吧。

「沒有人要說的話，我要回去了。」

高宇治同學快步離開現場。當我因負傷而動彈不得時，和高宇治同學四目相交了。

被她發現我擔心而跑來偷窺了……！

「君、君島同學……你怎、怎麼會在這裡？」
「不對，那個……」
我一邊讓腦袋全速運作，一邊思考藉口。
「難道君島同學也和那些人一樣——咦、咦……怎怎怎麼辦……最好找一個沒什麼人的地方……？」
高宇治同學害臊又困惑，手放在胸前緊緊握住，心神不寧。
啊。她誤會了。
她誤以為我是來告白的！
「我剛才會說絲毫沒有興趣、不可能喜歡上，是對著那些人說的——」
「不不不不是這樣，真的不是。真的。我沒有要告白！只是誤會，我真的沒有要告白啦。真的。只是偶然路過這裡罷了。」
我不想被她認為是想跟風告白的人，就算告白了，也會和剛才那些男生同樣結果吧？
我竭力想糾正誤會，高宇治同學原本發亮的漂亮眼珠內的光彩消失，變得一臉冷淡。
「啊……是嗎？」
咦？和我預期的反應不一樣。
「那你在做什麼？馬上就要熄燈嘍？你明明是當班長的，四處遊蕩並不好吧？」

「……咦，妳在生氣嗎？」

「並沒有。完全沒有。我哪裡像在生氣了？」

高宇治同學嘴角下垂，臉頰鼓起。看來心情非常惡劣。

在熄燈時間前四處遊蕩並不好，正如高宇治同學所言。

反正沒有被她發現我是來偷窺的，就趕緊回房間吧。

「我順利寄出點子郵件了。多虧了妳的建議。」

「那就太好了。」

「如果妳方便，要不要一起聽廣播？今晚，就在這裡。」

氣派的中庭內有幾個照明燈亮著，將庭園點亮得美輪美奐。

「當、當然不行啊。你在說什麼啦……」

高宇治同學一邊摸著頭髮，一邊移開目光。她拿起手機，似乎在打字，接著我的手機震動了。

我一看，是高宇治同學傳來的訊息。

『好啊。』

「原來可以嗎？」

我朝著手機螢幕吐槽後，抬起臉時，高宇治同學正好小跑步離開了。

深夜時分，直到剛才還醒著的同房男生已經睡著了。

就我而言，現在要睡覺還太早了。

老實說，我不太曉得點子郵件的手感怎麼樣。跟上次和上上次相比，或許寫得比較出色，但我沒有自信被讀信。

距離節目開始還有十五分鐘左右。

我小心翼翼地避免吵醒發出鼾聲的大家，溜下床，把手機放到口袋裡，離開房間。

負責巡邏的老師大概也入睡了，走廊上空無一人，十分安靜。

我搭電梯來到一樓，前往約好的場所。

高宇治同學已經坐在沙發上，恍惚地眺望中庭。

「妳不睏嗎？」

「我習慣了。」

我也一樣呢——我說著在她旁邊坐下。

我和高宇治同學在深夜時分，在這種場所一起聽廣播……令人毫無實際感受的狀況中，我現在才緊張起來。

高宇治同學在操作手機。我看見她和我打開同樣的廣播ＡＰＰ。

叮，通知深夜一點的聲音響起，『曼達洛的深夜論！』兩位主持人喊出節目名稱，開始談話了。

『我說——有個非常重要的通知想告訴聽眾。』

『咦，什麼？我沒聽說啊。什麼事？』

困惑吐槽的阿滿，即滿田的反應。

雖然這種序言，開頭的談話，都是沒什麼大不了的內容，但心知肚明的我和高宇治同學都輕笑了。

『各位聽眾，請冷靜下來聽我說。其實啊，今天收錄節目時，滿田先生他睡著了。』

『你在通知什麼鬼話。不對，那種事情就別提了。不用說，不需要說。為什麼要說那種事啦？』

『然後他就被罵了。看到這把年紀的大叔被罵，人家都胸口一緊了。』

『你夠了啦！』

呵呵呵，高宇治同學輕笑出聲。我也在同樣的時刻晃著身體笑了。

『不對，我跟你說。我啊，或許乍看之下在睡覺。對吧？不是那樣。我只是剛好閉上眼睛罷了。』

『節目的工作人員都聽見了嗎？這傢伙根本沒有反省。』

『別叫人啦。』

『也確定要寫成網路文章了。「阿滿，收錄時打瞌睡也不反省！」。』

『啊，剛剛那些話不算。』

『太遲了。之後我也要截下剛才那段收錄，在網路上散播。』

『扯夥伴的後腿就這麼有趣嗎！』

半抓狂而吐槽的阿滿，讓裝傻的本田發出沒品的聲音哈哈大笑。

節目開頭經常會如此嬉鬧。

當我聽著一如往常的互動，倏地想起高宇治同學以前的言論。

感情好的兩人在聊天，已經可稱之為廣播了，我也並非不明白她會如此斷定。

約三十分鐘的開場結束，進入廣告。

「《曼深》在業界也頗受好評，聽眾寄的郵件數量也很可觀，哥哥曾經提過這些事。」

「嗯。」

我不可能不曉得。高宇治同學大概也曉得我有這種認知。

「就算你的郵件沒被讀到……我……」

當我等待後續時，高宇治同學直接閉口不語了。

看來她會為我說話吧？
她會和直道先生起爭執之類的……？
我打算催促她說下去時，廣告結束，重新進入節目。在節目開頭的談話，聽眾會即時寄送感想的郵件，裝傻的本田唸出郵件內容。
『收到觀眾來信了。筆名「綠燈通過」。「本田先生在約三年前的節目中，曾經提到在大型特別節目中遲到許久而被責罵。雖然打瞌睡不值得稱讚，但遲到也不太好吧？」——喂，這封郵件在寫什麼鬼話！怎麼讓我唸這種信啦！』
『確實發生過那種事情呢。』
『「綠燈通過」，以後不再讀你的信了，蠢蛋。』
『「綠燈通過」是阿滿派的吧？要再寄信喔——』
就像這樣，有時聽眾也會開兩位主持人的玩笑，讓節目更為熱鬧。
這個單元告一個段落，兩人各自談話。結束時，節目開始已經經過了一個多小時。
「等下個廣告結束吧。」
在平時的節目流程中，大約是這個時段會開始徵選的單元。
終於要來了……有如查看榜單一般，我的心跳得好快。
「《曼深》在業界也頗受好評，聽眾寄的郵件數量也很可觀，哥哥曾經提過這些事。」

「咦？啊啊，嗯……？」

她和剛才一樣說了同樣的話，怎麼了？

「就算你的郵件沒被讀到……我……」

她沒有說下去，高宇治同學又沒有把話說完。

……我經歷時間回溯了嗎？不可能吧。

廣告結束後，手機流瀉出廣播公司推薦的流行歌曲。

有話想說的高宇治同學沒有闔嘴。

「我……對君島同學。」

「嗯。」

忸忸怩怩的高宇治同學似乎下定決心，不再忸怩了。

『進入「阿滿主持的那樣很討厭」單元！把你想到討人厭的事情，最後寫上「那樣很討厭」寄到節目。這個單元，由我滿田來挑選郵件～』

節目又開始了，但高宇治同學想說什麼話，讓我在意得不得了，所以我一直等待她繼續往下說。

不過高宇治同學有如切換開關般，一臉認真地傾聽廣播。

「高宇治同學。對君島同學，然後呢？」

「廣播已經開始了，我們專心聽吧。」

「啊，好……」

我還在掛心，單元已經繼續進行下去了。

主持人挑選的是節目企畫製作篩選過的郵件，約九成會被節目企畫製作刷掉。

在三個單元中，我通通寄件給同一個單元。因為點子的結構類似，更令人容易思考。

雖然我沒有寄給這個單元，不過聽見沒聽過的筆名被讀出來，就不禁湧現嫉妒。

這個人大概和我一樣寫了好幾封信以後，終於被讀信了吧？

『接著是筆名「宇治茶」──』

啊，被讀信了！

高宇治同學就像參加社團的男生一樣用力握住拳頭，在我沒有看見的地方使力。

雖然她有好幾次被讀信的經驗，看來還是十分喜悅。

如果是我，會樂到手舞足蹈吧。

『「在家庭餐廳之類的地方用餐的時候，對方去上廁所還帶走錢包和手機，那樣很討厭呢。」』

啊──我大概明白。

『哎呀──會遇到這種事呢。感覺對方不信任自己，有點討厭呢～』

看來是使勁渾身解數想出的哏，高宇治同學得意洋洋地吐了口氣。

今天不是下流哏呢——阿滿喃喃說道。

「雖然是常見的哏，不過我偶然想到了。機會難得，所以就寄出試試看了。」

由於興奮和得意，她說話的速度飛快。

「好厲害——和平常不同的哏，也能被唸出來呢。」

「沒那回事啦。」

冷酷的側臉有些喜悅地放鬆了。

「君島同學寄信給哪個單元？」

「我寄給本田的『一個人做嗎』。我把想到的哏全部寄給這個單元了。按照節目流程的話，就是下一個……」

阿滿為這次的點子郵件做了總結以後，進入下一個單元。

『接著來到這個單元。「一個人做嗎」。這個單元，開放裝傻和吐槽的一個段子來信參加徵選。由我本田主持單元，也負責挑選郵件——』

「來、來了……！」

「連我、我也緊張起來了……」

單元開始後，常被選上的明信片職人的郵件陸續被讀出來。平時能讓人發笑的哏，只有今天我笑不出來。

只有百分之五十的機率，果然不會被選上嗎……

拜託了……

『下一個。筆名「爽朗拳頭」。』

當我祈禱時，本田如此宣布。

「嗯？咦？剛剛——」

「唔……」

我想確認自己的筆名是否被唸出來了，望向高宇治同學，而她似乎在忍笑，不斷拍著沙發的布料。

「好、好奇怪的筆名……」

噗呵呵呵，她忍俊不住地哈哈大笑。

「高宇治同學，笑點不是那裡！我的，是我的信！」

主人現在要讀信了，不要笑，要好好聽著。

本田清了清喉嚨後，唸出信件內容。

『「你問這個傷口？ 啊啊，看來骨折了。雖然沒什麼大不了的，不過社團有陣子，該怎麼說呢～？ 嗯。——等待別人問問題神煩耶！」』

啊，是我今天寄的信！確實被唸出來了！

「哦——哦哦哦哦好耶！」

我全力做出握拳的勝利姿勢。

「恭喜你，君島同學！」

「謝謝！」

我們雙手互相擊掌。

由於太興奮了，等我回神，已經順勢摟住高宇治同學了。

「咦……？」

「真的也多虧了高宇治同學提供建議——！謝謝妳！說真的，我好擔心沒被讀信的話該怎麼辦——哎呀，我好開心喔！」

當我沉浸在勝利的喜悅時，倏地吸入的香氣突然讓我回過神來。此時我終於察覺自己抱住了高宇治同學纖瘦的肩膀。

「啊，糟糕。」

我膽戰心驚地查看她的反應，一臉驚訝的高宇治同學臉紅得像一顆蘋果，乖乖待在我的懷中。

「那、那個…………」

「對不起——！」

我立刻放開她，不斷道歉。

「我沒有居、居心不良，該說是一種喜悅的表現嗎，我興奮過頭了。」

「不、不會……沒關係。這是你第一次被選上，其實我也能理解這種興奮到想跳起來的心情。」

不愧是明信片職人前輩。幸好她能夠理解。

『最後一封。筆名「爽朗拳頭」。』

哦，又來了！

『「早上起床，查看社群平台，看電視的占卜，穿鞋子時從右腳開始套……——沒有人對你早上的行程有興趣啦！」』

咦？這是……我兩週前寄的。

「呵呵！」

高宇治同學不禁笑了。

「差不多該習慣筆名了啦。高宇治同學。」

我也不是喜歡才取的。

「不是的。我只是覺得這封點子郵件真不錯。」

「是嗎？謝謝。」

有時會因為時間上的因素，沒有讀郵件而保留起來，看來我的郵件也是這樣吧？

「哥哥聽見了吧？」

高宇治同學操作手機，傳送了訊息。

「……雖然已讀了，不過沒有回訊息。他肯定是認為設定高難度的條件，你做不到，才在不甘心吧。」

高宇治同學一副意料中的表情，臉上浮現滿意的笑容。

或許也有這個原因，不過他大概認同我和高宇治同學的交情了吧？

戀妹情結的直道先生，不想讓男生接近高宇治同學吧？無論是興趣投緣的朋友還是其他交情都一樣。所以才設定成高難度。

我很期待直道先生的反應。

由於我吵吵鬧鬧的，擔心老師或其他客人是否會過來查看，警戒地環顧四周時，一瞬間看見自動販賣機那邊有個像是女生的身影。

單元結束後，又進入廣告時間，高宇治同學重新開口了。

「我必須向君島同學道謝。」

「道謝？為什麼？」

「……在這個校外教學，我幾乎沒做到班長的工作。」

「啊啊，是那種事啊？」

雖然我沒有那種想法，不過高宇治同學似乎挺在意的。

嘟嘟，手機震動了，有人傳了訊息給我。待會再看吧。

「班長的工作幾乎全部由君島同學攬下了吧？」

「是嗎？高宇治同學不擅長面對人群，我覺得各司其職很好呀？」

「你為什麼知道我不擅長面對人群？」

高宇治同學感到納悶地歪過頭。

啊，糟糕。我不可能說是因為看得見狀態欄……

「怎麼說呢，我覺得妳是這種人。嗯，這種類型？雖然妳和我聊天聊得挺開的，不過在大家面前話很少吧？所以我推測或許是這樣——」

雖沒說中但也不遠矣。多虧有【劇本家】的力量，我說明流暢，聽起來還挺有一回事的。

「被你看穿了呢。」

高宇治同學就像惡作劇被看穿一樣，坦承了。

「我不擅長面對人群，或處在人群裡。由於君島同學率先幫忙管好大家，我認為你非常可靠。」

就算是班長，我不認為同班同學會聽我的話。因為有【領頭羊】的緣故吧？

「不只是班長的事務喔。我在游泳池被奇怪的男人纏上時，你也來幫忙了，今天走散時，你也第一個找到了我。」

「只是那種小事的話，妳可以倚靠我啊。」

就在不習慣受人倚靠的我講話語無倫次時，高宇治同學別過了臉，站起身。

「該回房間了。明天會起不來的。晚安。」

「嗯。晚安。」

我朝著她的背影道晚安後，查看手機。剛才收到的訊息似乎是小春傳的。

看來我在不知不覺間收到好幾封訊息，第一封是我的郵件被唸出來的當下。

『被唸出來了！好棒！』

之後她傳送了貼圖，過了一陣子，傳來最後一則訊息。

『太好了。』

我也回覆：謝謝。

既然看在小春眼中，她會這麼想，表示我和高宇治同學有點機會嗎……？

我跟小春說明了事情。

因為她曉得情況，所以才傳來這封訊息的吧？

不過，有點客氣的說法讓我有點在意。

小春原本會用更多貼圖或顏文字的。

太好了——既然這句話意指直道先生的事情，感覺她會用其他說法表達才對。

我突然想起在自動販賣機旁看見的人影。

訊息傳來和看見人影的時間點幾乎相同。

或許小春偶然撞見了我們相處，才傳送那則訊息的吧。

◆高宇治沙彩

沙彩搭乘電梯，吁了口氣。

在阿燈面前，不小心脫口而出奇怪的話。

實際上，阿燈在校外教學中非常可靠。這是不爭的事實，她被搭訕時也得到幫助了。走散時，阿燈也是第一個找到她的。也沒有撒手不管班長的工作，把大家管得很好。

對於膽子大的阿燈而言，或許沒什麼大不了的，不過沙彩卻沒有勇氣這麼做，她坦率地覺得感激。

到達房間樓層，沙彩走出電梯。

被視為難關的點子郵件，今天也終於被讀信了。這麼一來，直道也不會對她和阿燈的交友關係說三道四了。

關於她沒有遵守在就讀高中前訂下的「禁止和異性不純交往」約定，並沒有感到愧疚。

歸根究柢，她和阿燈的友誼並沒有不純潔的地方。

看在嘮叨的哥哥眼中，和男生交往似乎全都被視為那麼回事。

總之，將有趣當作無可動搖價值觀的直道，已經不會對她和阿燈之間的交情多嘴了。

「家人認可的……」

自己開的口，接下來的話卻堵在喉間。

家人認可的男性。

——那樣已經是結婚對象……

一回想起被緊緊摟住的事情，便覺得腿軟，渾身無力。

沙彩在快要蹲下的時候，緊緊抱住柱子。

她把紅通通的臉貼在柱子上冷卻。

她問自己，被抱住的時候為什麼不反抗。

她想起被任憑對方抱住的自己。

從肩膀和背部，感受到對方出乎意料結實的手臂和碩大的手。

原本應該推開對方，拉開距離，沒有這麼做，大概是因為不討厭。

由於血液從脖子往上衝了，沙彩把臉貼在柱子還冰涼涼的地方。

「……小沙，妳在做什麼？」

嚇了一跳而轉頭一看，是手拿飲料的小春。

「我有點事，那個……上廁所。」

「房間裡不就有廁所嗎？」

雖然謊言隨即露餡，小春心生困惑，卻沒有追問的意思。

「待在這種地方，會被老師發現的喔？」

「也對呢。」

雖然反射性地回話，不會有老師在這種深夜時間巡邏吧？

小春催促，走吧，沙彩跟著她。

「那個呀。昨晚，我思考過了。」

小春突然開口說話，沙彩沒回應，側耳傾聽。

「我說過會聽在意的人商量事情，但我不做了。」

「……是嗎？」

對話沒有延續下去。

雖然離開房間時，小春還醒著，不過在這種時間前在做什麼，憑她和阿燈的交情，讓人不難想像。

8 認可的朋友

最後一天，主要搭乘巴士移動，比起旅行出發當天相比，車內安靜許多。

坐在我一旁的高宇治同學也待在窗簾的另一側一動也不動，大概睡著了。

我戴著耳機，聆聽昨天那段廣播。

『「你問這個傷口？　啊啊，看來骨折了。雖然沒什麼大不了的，不過社團有陣子，該怎麼說呢～？　嗯。——等待別人問問題神煩耶！」』

『唉，會有這種狀況呢。男生至少在骨折時，會想成為主角呢。傷口會痛嗎？什麼時候會好？用哪隻手握自動鉛筆？之類的，會希望有人問這些問題。』

我已經聽第十遍了，卻絲毫不厭倦。

我喜歡的兩位主持人終於認知到我這個人了，令人超開心的。

『最後。筆名「爽朗拳頭」。「早上起床，查看社群平台，看電視的占卜，穿鞋子時從右腳開始套……——沒有人對你早上的行程有興趣啦！」』

『抱歉啊，唸出這種信。自以為是名人的人聽見會嚇一跳吧？』

『順道一提，滿田先生的早晨例行公事，可以告訴大家嗎？』

「不會有人對大叔的早事有興趣啦！」

『早事？有夠難懂。為什麼要簡稱啦？』

呵呵，我發出奇怪的笑聲。

兩人的一搭一唱也一樣，一想到源自於自己的郵件，便讓我實際感受到明信片職人也是構成節目的要素，令我湧出滿足感和成就感。

回到學校以後，級任老師傳達了簡易的聯絡事項。沒有特別需要注意的事情，簡單來說，就是直到返家為止都還在校外教學的途中，因此回家路上小心。

「燈同學在巴士裡也睡得太熟了吧——？」

解散以後，名取同學向我搭話。

「名取同學也一樣吧？我是在名取同學以後才睡著的。」

「騙人。你看到我睡臉了嗎？」

「嗯。」

「為什麼要看啦——！是不是醜臉？」

「不是。」

「我說——人家在等你安撫說我很可愛耶！」

「不，我不懂那麼多啦。」

我輕輕吐槽玩笑話，名取同學便咯咯笑了。我望向校舍，現在正好在休息時間，我看見了芙海姊。

她明顯在蹦蹦跳跳，揮舞著雙手。

……啊。伴手禮！我忘記買了！

「啊，海姊在揮手了。」

喂——小春回朝她揮手。

「阿燈也要揮手。要回應人家啦……你的臉色好差喔？發燒了嗎？」

小春伸手到我的瀏海下。

「哇。好了。別這樣。我沒有發燒。」

「那是怎麼了？」

「我忘記買給芙海姊的伴手禮了。」

「唉，也沒什麼關係吧？」

「不能那樣。她在打工的地方很照顧我，送禮是禮節……從她蹦跳跳的模樣來看，絕對在期待伴手禮。」

「或許吧。」

我會遭受什麼對待？以防萬一，我在衣服下藏一本雜誌，鞏固防禦後再去打工吧……

當我死氣沉沉之際，有人拍了肩膀。我轉頭一看，高宇治同學把手機遞給了我。

「對不起，打擾你們聊天……阿……君島同學，有電話喔。」

難不成。

我接過手機，湊近耳朵。

「……喂喂。」

『我昨天收聽《曼深》了。「爽朗拳頭」先生的郵件被唸出來了呢。』

「總算被讀信了。」

對方如我所料，是直道先生。

「這麼一來，我和高宇治同學的往來就沒問題了吧？」

『嗯～～唉，不放行。』

「不放行？你逕自開出那種條件……我原本沒有聽你話的義務喔？」

『好吧，那就允許你。啊啊，就算允許，也只是讓你們放學後一起走到車站而已。可別搞錯了。』

「我明白。」

『老實說，我原本以為不可能。《曼深》的點子單元，連第一線的搞笑藝人寄信也沒有那麼簡單被唸出來。媒體形式也有差異，廣播的點子郵件有獨特的難處在。所以在搞笑業界和廣播業界的評價才那麼高……』

接著，耳邊傳來輕笑聲。

『你的點子郵件很有意思。兩封都很有趣。如果我是節目執行企畫的話，也會讓那些郵件過關的。』

「謝、謝謝您！」

『你的吐槽功力很不錯呢。』

我有【一針見血的吐槽】。不過，被前任搞笑藝人、現任節目執行企畫如此稱讚，仍令人開心不已。

「謝謝。那我今天也會把沙彩送到車站。」

『嗚哇，你也太得意忘形了。』

「開玩笑的。」

『我明白。』

我最後說，電話要換人了，便把手機還給高宇治同學。

「阿燈，我們回家吧——？」

巴士已經駛離，學生們也紛紛鳥獸散，留在現場的只有包含我們在內的幾個人。

我向講完電話的高宇治同學輕輕點頭過後，和小春並肩踏出步伐。
「等一下──！」
我感到疑惑時，她從包包裡拿出像是伴手禮店的紙袋。
「這個給燈島同學。」
「那是誰啊？」
「小沙，混在一起了啦。」
噗噗，小春在憋笑。
「！這個給燈、燈……君島同學……」
她強硬地把像是伴手禮的東西交給我。
「因為受到你的關照了！這是謝禮！」
她看似想隱藏害臊，反而用惱怒的口吻說完後，背對我離開了。
「謝謝！」
我朝著走遠的背影道謝，她停下腳步，看了這邊一眼，又快步跑向車站了。
「燈島君同學。」
「不要隨之起舞開我玩笑。」
「你收到什麼了？」

我往袋子裡一看，放著當地吉祥物的玩偶。是她問我感想的那個玩偶。

「……太、太好了。雖然不怎麼可愛。」

「別說這種話啦。我覺得還不錯。送禮講求心意呀。」

從高宇治同學手中收到禮物。

至今為止，似乎沒有其他男生收過她的禮物吧？

透過校外教學，我又和高宇治同學加深情誼了嗎——？

後記

大家好，我是ケンノジ。

九月才剛推出第一集，第二集又上市了。嚇一跳了嗎？我也大吃一驚。速度好快喔。成海老師繪圖的速度也很快，品質非常精美。精美過頭，說真的棒透了。謝謝老師也為第二集繪製了插圖。

作品中的主角狀態欄中的項目逐漸增加、成長，不過我認為，自己的成長是在過程中自己最不明白的地方喔。雖然在異世界作品中這種形式是約定俗成，不過在現實中也發生的話，會非常方便呢，我再次這麼想著。

本作就是這樣的作品，如果您讀得開心，就是我的榮幸。

如果有幸推出第三集，請閱讀看看喔。

（註：以上為日本方面的情況）

ケンノジ

Vol.01
守雨
插畫：藤実なんな
奇招百出的維多利亞
Kadokawa Fantastic Novels

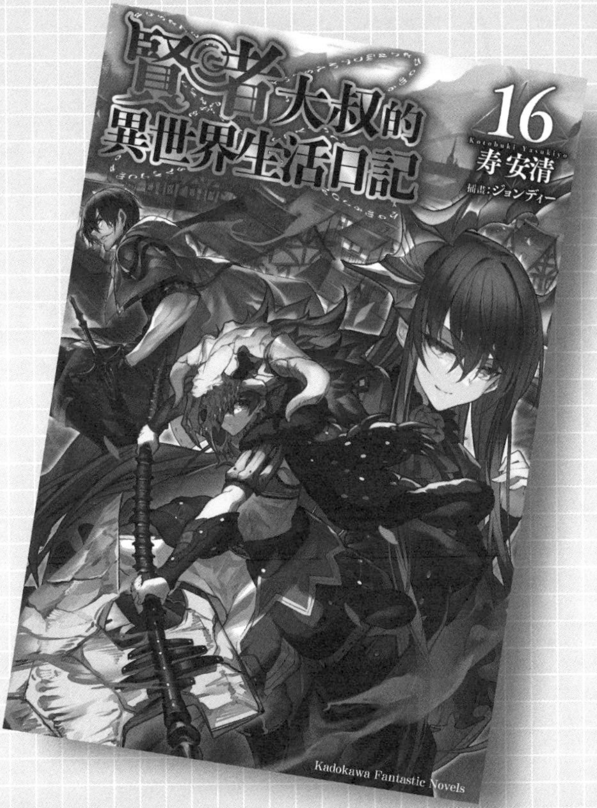

賢者大叔的異世界生活日記 1~16 待續

Kadokawa Fantastic Novels

作者：寿 安清　插畫：ジョンディー

獸耳派布羅斯搭上愛玩大叔傑羅斯
將揭開反攻梅提斯聖法神國的序幕！

在魯達・伊魯路平原上領導獸人族的凱摩・布羅斯面對與梅提斯聖法神國的大決戰，正計畫要請某人來幫忙……當很會鬧事的大賢者・傑羅斯遇上保護獸耳不擇手段的野蠻人・布羅斯，一行人將揭開反攻梅提斯聖法神國的序幕！

各 **NT$220~240/HK$73~80**

Kadokawa Fantastic Novels

自從能夠讀取他人祕密後，我的校園戀愛喜劇就此開演

EP2：我要擊敗她的妹控哥哥，迎向美好結局

（原著名：ある日、他人の秘密が見えるようになった俺の学園ラブコメ
EP2：シスコン兄貴を倒してハッピーエンドを迎えます）

2023年9月13日　初版第1刷發行

作者：ケンノジ
插畫：成海七海
譯者：黃品玟
發行人：岩崎剛人
總編輯：蔡佩芬
編輯：黎夢萍
美術設計：莊捷寧
印務：李明修（主任）、張加恩（主任）、張凱棋

發行所：台灣角川股份有限公司
地址：104台北市中山區松江路223號3樓
電話：（02）2515-3000
傳真：（02）2515-0033
網址：www.kadokawa.com.tw
劃撥帳戶：台灣角川股份有限公司
劃撥帳號：19487412
法律顧問：有澤法律事務所
製版：巨茂科技印刷有限公司
ISBN：978-626-352-906-9

國家圖書館出版品預行編目資料

自從能夠讀取他人祕密後,我的校園戀愛喜劇就此開演. EP2, 我要擊敗她的妹控哥哥,迎向美好結局/ケンノジ作 ; 黃品玟譯. -- 初版. -- 臺北市 : 臺灣角川股份有限公司, 2023.09
面 ; 公分. -- (Kadokawa fantastic novels)
譯自 : ある日、他人の秘密が見えるようになった俺の学園ラブコメ. EP2 : シスコン兄貴を倒してハッピーエンドを迎えます
ISBN 978-626-352-906-9(平裝)

861.57 112011247

新說 狼與辛香料

狼與羊皮紙 1~8 待續

Kadokawa Fantastic Novels

作者：支倉凍砂　插畫：文倉 十

寇爾與繆里前往各方顯學雲集的大學城
當地竟爆發教科書戰爭！

寇爾和繆里為了繼續推行聖經的印刷大計，離開溫菲爾王國前往南方大陸的大學城雅肯尋求物資與新大陸的消息。寇爾當流浪學生時，曾在雅肯待過一陣子。如今城裡爆發了將其撕裂成兩部分的亂象，且中心人物的別名居然是「賢者之狼」——？

各 **NT$220~300/HK$70~100**

狼與辛香料 1~24 待續

Kadokawa Fantastic Novels

作者：支倉凍砂　插畫：文倉 十

賢狼與前旅行商人幸福生活的第七集開幕！
羅倫斯與女商人伊弗再度碰頭，她是敵是友!?

有個森林監督官找羅倫斯求救，說有片寶貴的森林即將消失。原來托尼堡地區的領主為將來著想，決定開闢森林，而領民們卻想留下這片祖先世世代代守護至今的森林，然而預定收購這批木材的港都卡蘭背後，居然有那個女商人的影子……

各 **NT$180~250/HK$50~83**

我當備胎女友也沒關係。 1~3 待續

Kadokawa Fantastic Novels

作者：西 条陽　插畫：Re岳

「欸，我們倆一起共享他吧？」
不斷加速，宛如泥沼般的三角關係──

我現在正同時和橘同學以及早坂同學交往。共享的規則就是雙方都不可以偷跑。既然無法成為「第一順位」的人會受傷，那麼這也能說是一種溫柔的關係吧。但我們的關係終將開始產生扭曲。不斷掙扎、依存，磨耗，最終墜向深不見底的深淵……

各 **NT$270/HK$90**

安達與島村 1~11 待續

Kadokawa Fantastic Novels

作者：入間人間　插畫：raemz　角色設計：のん

長大成人的安達與島村會去哪裡旅行？
描述不同時期兩人間的夏日短篇集

小學、國中、高中——夏天每年都會嶄露不同的面貌。就算我每一年都是跟同一個人在同一段時間兩個人一起享受夏天，也依然沒有一次夏天會完全一模一樣。這是一段講述安達與島村兩人夏日時光的故事。

各 **NT$160~200/HK$48~67**

異修羅 1～4 待續

Kadokawa Fantastic Novels

作者：珪素　插畫：クレタ

為求真正勇者之榮耀，寶座爭奪戰白熱化！
2021年《這本輕小說真厲害》雙料冠軍！

決定「真正勇者」的六合御覽，接下來輪到第三戰，柳之劍宗次朗對決善變的歐索涅茲瑪。面對一眼就能看出如何殺害對手，身懷連傳說都只能淪落為單純事實之極致劍術的宗次朗，充滿謎團的混獸歐索涅茲瑪所準備的「手段」則是──

各 NT$280~300/HK$93~100

菜鳥鍊金術師開店營業中 1~6 待續

Kadokawa Fantastic Novels

作者：いつきみずほ　插畫：ふーみ

珊樂莎從平民搖身一變成為貴族!?
才從學校畢業第二年的她竟然要收徒弟!?

與艾莉絲結婚的珊樂莎從平民搖身一變，成為了貴族。久違回到王都報稅的她，卻收到一份要她基於貴族義務掃蕩盜賊的命令!?此外珊樂莎與在學時期的後輩鍊金術師——蜜絲緹重逢，而蜜絲緹竟希望珊樂莎能夠收她為徒弟——？

各 **NT$240~250/HK$80~83**

不起眼的我在妳房間做的事班上無人知曉 1～2 待續

Kadokawa Fantastic Novels

作者：ヤマモトタケシ　插畫：アサヒナヒカゲ

開始注意你之後，無論何時你都在我心裡⋯
開朗美少女向不起眼的他發動猛攻！

遠山佑希獲得班上的風雲人物麻里花的青睞，她不但和佑希一起上下學，佑希還收到親手做的便當，她熱烈地吸引佑希的注意！另一方面，柚實執著於與佑希的身體關係，煞車卻漸漸失靈？此時柚實的姊姊伶奈開始出手干涉錯縱複雜的他們三人⋯⋯

各 **NT$220~250/HK$73~83**

不時輕聲地以俄語遮羞的鄰座艾莉同學 1~4.5 待續

Kadokawa Fantastic Novels

作者：燦燦SUN　插畫：ももこ

政近中了有希的催眠術而成為溺愛系型男？
描寫學生會成員夏季插曲的外傳短篇集登場！

艾莉進行超辣修行而前往拉麵店，遇到一名意外人物？想讓艾莉穿上可愛的泳裝！解放慾望的瑪夏害得艾莉成為換裝娃娃？又強又美麗的姊姊大人茅咲，與會長統也墜入情網的過程——充滿夏季風情的外傳短篇集繽紛登場！

各 **NT$200~260/HK$67~87**